MICHAEL KÖHLMEIER

ROMAN VON MONTAG BIS FREITAG

Michael Köhlmeier

Roman von Montag bis Freitag

38 stories

Deuticke

Für Paula

An der Kasse

Er kannte mich, und ich kannte ihn. Aber mir fiel nicht ein, woher wir uns kannten. Ich hatte die Ahnung einer unangenehmen Begegnung. Ich sah ihm an, daß er sich im Gegensatz zu mir sehr genau erinnerte, und daß auch er Unangenehmes mit mir verband. Unter seiner Lippe hing ein schmales, schwarzes Bärtchen, offensichtlich gefärbt. Die Haare waren ebenfalls gefärbt. Sein Äußeres half meiner Erinnerung nicht weiter.

Er stand im ADEG bei den Kassen in der Reihe neben mir. Ein sehr dünner, großer Mann, ungefähr in meinem Alter, er hatte die Unterarme auf seinen Wagen gestützt, beugte sich weit über den Einkaufskorb.

Wir grüßten einander. Er sagte: »So sieht man sich wieder.« Das klang wie: Ich hätte nicht gedacht, daß wir zwei uns jemals wiedersehen. Und das konnte doch nur heißen: Es wäre besser für uns beide, wenn wir uns nie wieder gesehen hätten.

Vor ihm in der Reihe wartete eine Frau, die kannte ich, ich wußte, wie sie hieß, und sie wußte, wer ich war, wir kannten uns seit unserer Kindheit. Wir grüßten uns nie, nickten höchstens. Auch wir beide teilten eine unangenehme Erinnerung. Sie war etwas jünger als ich, was heute keinen Unterschied machte; aber damals schon, als wir sieben und acht waren. Ich hatte sie tyrannisiert. Sie war die Tochter von Kärntner Zuwanderern, einmal sagte ich zu ihr, ich weiß nicht mehr was, vielleicht, du bist dick oder du bist blöd, da antwortete sie: Goa net. Und von da an sagte ich Goanet zu ihr. Ich sagte, und zwar bei jeder Gelegenheit, wann immer wir beide allein waren und niemand mich hören konnte, sagte ich: Servus, Goanet! Wie geht's, Goanet? Was hat es heute bei euch zu essen gegeben, Goanet? Und sie sagte - und sagte es jedesmal mit dieser süßen, weinerlichen Stimme, nach der ich süchtig war: Ich heiße nicht Goanet! Es war ein böses Spiel, das ich trieb. Niemand wußte davon, und ich hatte keinen Zweifel daran, daß auch sie mit niemandem darüber sprach. Nämlich weil sie sich schämte.

Ich war mir sicher, diese Frau, die ich in den letzten Jahren mindestens einmal pro Woche im Supermarkt traf, die ich dick werden und wieder dünn werden sah, die ich aufreizend und deprimiert erlebt hatte, ich war mir sicher, auch sie hatte nicht vergessen, was ich ihr als Kind angetan hatte. Aber sie blickte mich nicht mit dieser indirekten, gleichsam über die Bande gespielten Häme an. Er tat es. Ihren Namen kannte ich, seinen kannte ich nicht.

Ich hingegen betrachtete ihn offen, rechnete mit dem Äußersten, auch damit, daß wir uns mitten im Supermarkt anschreien würden. Ein winziges Nicken bemerkte ich an ihm. Das sagte: Jetzt ist es also doch geschehen, daß wir uns wiedersehen. Oder sagte sogar noch mehr, nämlich: Es war ja ohnehin irgendwann einmal fällig. Die Lippen über dem Bärtchen waren sehr rot. Er holte sich immer wieder mit dem Oberkiefer das Bärtchen in den Mund und zog dabei die Zähne über die Lippe.

Ich sagte auch etwas: »Und wie geht's so?« sagte ich.

Er sagte: »Mir geht's gut.«

Das »mir« war betont, deutlich betont. Das konnte, das mußte heißen: Einem anderen geht es nicht gut. Aber wem? Einem, dem ich etwas angetan hatte? Wen meinte er? Meinte er die Frau vor ihm in seiner Schlange? Daß sie ihm alles erzählt hatte? Von ihren lächerlichen roten Wollstrümpfen, von ihrer Perlmuttknopfsammlung, die sie mir, um mich zu versöhnen, zeigen hatte wollen? War er ihr Mann? Ihr neuer Mann? Sie hieß Lotte. Familienname erinnerte ich mich nicht. Wenn er ihr Mann ist, dachte ich, daß sie also in ihrem Alter noch ein Glück gefunden hat, eine Liebe, die in Zärtlichkeit und gegenseitigem Erzählen gewachsen ist, die ihre

Wurzeln bis weit zurück in die Kindheit ausbreitete, so daß auch unsere Sache von damals zur Sprache kam; wenn das so ist, dachte ich, warum stellen sich die beiden getrennt an die Kasse, jeder einen eigenen Wagen vor sich, was ja auf uns andere, die wir für sie die Welt draußen darstellten, wie ein Symbol einer getrennten Zukunft wirken mußte. Was kann das für eine Liebe sein? Dachte ich.

Angriff am Nachmittag

Ihr Mann war der Seifensieder genannt worden. Ich weiß nicht warum. Er war Gendarm gewesen. Als er starb, ging die halbe Gemeinde hinter seinem Sarg her. Ein finsterer, aber ein freundlicher Mann. Ich erinnere mich, daß ich einmal mit ihm in einer Sache verhandelt hatte, ich war fünfundzwanzig gewesen, Student, Besitzer eines VW-Käfer, Baujahr 1952, abgefahrene Reifen und so weiter. Wenn ich ihm ins Gesicht blickte, in die Augen, die ein Leben lang im Schatten waren, weil die Brauen so mächtig, schwarz und überhängend die Stirn nach unten abschlossen, dann bekam ich es mit der Angst zu tun, man traute dem zu, daß er einen schlug. Wenn ich den Kopf zur Seite neigte und nur seine Stimme hörte, fühlte ich mich aufgehoben. Die Stimme dieses Mannes war ein breites Bett, in dem die Vokale und Konsonanten dahinflossen wie in einem Delta, wo alles, was schwimmen konnte, erschöpft und zufrieden und endlich am Ziel war. Wie war so etwas möglich? Daß aus einem Kopf so widersprüchliche Meldungen an die Welt abgingen?

Seine Frau saß an diesem blauen Oktobernachmittag vor dem Haus auf der Bank, neben ihr eine andere Frau, eine Nachbarin, eine Freundin vielleicht, die beiden trugen weiße Schürzen, vor ihnen stand ein Tisch, über den ein Tischtuch gebreitet war, weiß wie die Schürzen. Aus einem Korb nahmen sie Walnüsse, knackten sie auf und steckten die Kerne in den Mund. Ich befand mich auf dem Heimweg, an meinem Gelenk hing eine Plastiktüte mit irgendwelchen Sachen. Seit gut zehn Jahren war die Frau Witwe, in dieser Zeit hatte sie nur Schwarzes getragen, und auch heute trug sie unter ihrer Schürze eine schwarze Bluse und einen schwarzen Rock.

Als sie mich sah, hob sie eine Nuß, deutete an, ob ich eine möchte.

»Ja, klar«, rief ich. Weil ich mich an die Stimme ihres Mannes erinnerte und ich mir einbildete, er würde es gern gesehen haben, daß ich mich von seiner Frau beschenken ließ.

Sofort begannen die beiden alten Frauen, mich mit Nüssen zu bewerfen. Dabei kicherten sie wie Schulmädchen im Schwimmbad. Einige Nüsse fing ich auf, andere erwischte ich nicht, wieder anderen wich ich aus. Am Ende hielt ich die Arme vor mein Gesicht und zwang mich zu einem lauten Lachen, das sicher hysterisch geklungen hat, aber mir schien, daß lautes Lachen das einzige war, das mich noch vor Schlimmerem beschützen konnte. Die Frauen zielten gut, trafen gut, und von Wurf zu Wurf war mehr Kraft dahinter und mehr Wut. Vor Schlimmerem? Vor Steinen zum Beispiel, schoß es mir durch den Kopf. Es lagen Steine vor ihnen im Garten.

Und dann lachte ich nicht mehr. Ich war zornig, und das Gesetz war auf meiner Seite. Ich warf die Plastiktüte mit den Sachen von mir, hielt meine Jacke wie einen Schild über Kopf und Oberkörper und lief auf die beiden Frauen zu.

»Warum tun Sie das«, rief ich. »Sie haben mir weh getan, und die ganze Straße ist voller Nüsse. So ein Unsinn! Ich habe Ihren Mann gekannt«, sagte ich zur Frau des Gendarmen. »Was hätte er von so etwas gehalten?«

Die beiden Frauen blickten mich an, ohne Interesse, zwei Greisinnen, sie lachten nicht mehr, ihre Gesichter sagten mir nichts. Als hätten sie vergessen, was sie eben noch getan hatten. Als wären sie es gar nicht gewesen. Ihre Hände hingen an ihren Schürzen herab. Hände mit weißer durchscheinender Haut.

Der Eisenmann

Er hieß Walter, und er hatte eine Theorie, warum er so hieß. »Nach dem Krieg«, sagte er einmal zu mir, »hat keiner gewußt, wie er sich zeigen darf. Erst in den siebziger Jahren haben sie sich getraut, einen Buben Samuel zu taufen, und erst heute wäre ein Baldur wieder möglich.« Er meinte damit, er sei von seinen Eltern aus Schrecken über die Vergangenheit und Bangigkeit vor der Zukunft als unauffällig angelegt worden.

Ich kannte ihn aus der Schulzeit, er war in der Herrenriedstraße, in den Blocks gleich unter der Bahnlinie aufgewachsen. Eine Zeitlang war er Vertreter für kleine und mittelgroße schöne Dinge gewesen. Später hatte er immer wieder die Berufe gewechselt. Um sich freier und intensiver seinem Sport widmen zu können. Erst war er nur Marathon gelaufen. Dann hatte er Triathlon trainiert, Schwimmen, Rennen, Radfahren. Am Ende wagte er den Trippeltriathlon – Rennen, Schwimmen,

Radfahren, stundenlang, und alles dreimal hintereinander. Er trainierte jeden Tag, rannte dreimal hintereinander aufs Xohl. Das sind sechshundert Höhenmeter. Dort steht ein Gasthaus, man kann Bier trinken und über das Rheintal schauen. Er habe sich, sagte er, Gewichte an den Körper gehängt. Ich kann mich nicht mehr erinnern, waren es sechsundzwanzig Kilo oder ist er die Strecke in sechsundzwanzig Minuten gerannt. Die Muskeln und Sehnen zerrten an seinem Oberkörper und zerrten so viele Jahre daran, bis der Brustkorb und die Schlüsselbeine schließlich nachgaben. Er war übertrainiert für alle Zeiten. Der ganze Mann war verzogen. Ich traf ihn hin und wieder beim Joggen. Ich joggte, er fuhr auf dem Fahrrad. Er mußte das tun, sein Herz forderte es. Sein Herz, sagte er, sei größer als sein Magen.

Der Eisenmann hieß er bei uns, und ich weiß aus sicherer Quelle, daß er sich ernsthaft überlegt hatte, seinen Familiennamen abzulegen und sich in Eisenmann umzubenennen. Walter Eisenmann. Für mich war er Walter Eisenmann. Und wenn ich ihn auf der Straße traf, sagte ich: »Servus Eisenmann!« – Noch etwas muß ich erwähnen: Er hatte Schneidezähne, die sehr zart wirkten, durchschimmernd, bläulich, Zähne wie eine Fee – falls Feen Zähne haben.

Vor ein paar Tagen sagte er zu mir: »Was denkt er heute im Rückblick über den Kalten Krieg?«

Wenn wir uns trafen, was ja immer zufällig geschah, tat er so, als hätte er ein Thema vorbereitet. Dann redete er mich in der Er-Form an. Es war ihm aber gar nicht an einem Statement meinerseits gelegen, sondern vielmehr an seiner eigenen Antwort darauf. Ohne daß ich ein Wort gesagt hätte, fuhr er also gleich fort:

»In den achtziger Jahren bin ich oft in Wien gewesen, und da hat es einen Mann gegeben, der sich Waluliso genannt hat, das war eine Abkürzung von Wasser-Luft-Licht-Sonne, ein Verrückter.«

»Ich kenne den«, sagte ich, »ich habe den gekannt.«

»Der hat sich ein Bettuch umgehängt und einen Lorbeerkranz auf den Kopf gesetzt und hat sich mit einem verzierten Stab vor den Stephansdom gestellt und hat für das Gute demonstriert, und dann haben sich der amerikanische Präsident Ronald Reagan und Michail Gorbatschow in Island getroffen, um den Kalten Krieg zu beenden, und auch Waluliso war dorthin gefahren, nämlich um dasselbe zu tun.« Der Eisenmann hielt mich am Reißverschluß meines Trainingsanzugs fest und flüsterte: »Ich sage dir etwas: Ich bin zufällig vor einer Schreibmaschine gesessen, und ich habe das Mittagsjournal im ORF gehört, und ich habe mitgeschrieben, was der Sprecher gesagt hat, ich habe mitgeschrieben, um es für alle Zeit festzuhalten. Der Sprecher sagte: Waluliso ist in Island und macht die Straßen von Reykjavik unsicher. Verstehst du, was ich meine? Da treffen sich genau diese beiden Männer, die die ganze Welt zwanzig Mal oder sogar noch öfter kaputtmachen könnten, dachte ich, und nicht sie machen die Straßen von Reykjavik unsicher, sondern Waluliso. Was ist das für eine schöne Zeit gewesen, die Zeit des Kalten Krieges!«

»Eisenmann«, sagte ich, »wenn ich je auf die einsame Insel müßte und einen Wunsch frei hätte, ich würde die Fee bitten, daß sie dich einfliegt. Dann würde ich nicht verlorengehen.«

»Wie meinst du das?« fragte er, und ich sah, daß er irritiert war. Aber ich hatte nur so drauflosgeredet. Nun waren wir beide verlegen, und verlegen machten wir uns auf unsere Wege, der Eisenmann und ich.

Pit Clausen

Nachdem er seinen Prozeß gewonnen hatte, kaufte Pit Clausen einen Wohnwagen und wanderte nach Portugal aus. Er stellte sich neben ein Rosmarinfeld, blickte auf den Atlantik und begann zu essen. Als junger Mann hatte er in dieser Gegend Urlaub gemacht, seine Frau und er waren in einem VW-Bus die weite Strecke gefahren, hatten im Bus geschlafen und sich während der ganzen Zeit nie weiter voneinander fortbewegt als maximal eineinhalb Meter. Was dann in einem Seelengemetzel endete. Sie sprang in einer Stadt – er hatte vergessen, wie sie hieß – aus dem Auto und rannte davon, und nur eine Sekunde lang überlegte er, ob er ihr nachlaufen sollte, dann trat er aufs Gas und ließ sie, wo sie war. Bis dahin war er in seinem Leben niemals allein gewesen, nun fuhr er am Atlantik entlang, redete laut mit sich selbst, ein magischer Urlaub, der genaugenommen eine Katastrophe war.

Im vergangenen Sommer traf ich Pit Clausen am Bankomat bei der Raiffeisenbank. Er klammerte sich am Metallrahmen fest, die Krücken fielen übereinander, von hinten hätte ich ihn nicht wiedererkannt.

»Lebst du nicht mehr in Portugal?« fragte ich.

Seine Haare waren schwarz, lang, fett, glatt. Wie früher, als er in unserer Band Baß spielte. Nur daß er jetzt eine zeltförmige Frisur hatte, denn sein Kopf war breit geworden. Er sei nur für ein paar Tage in Hohenems, sagte er. »Damit ihr mich nicht vergeßt.« Er meinte es so.

»Was war damals mit deiner Frau«, fragte ich. Mir fiel nämlich ein, daß ich es nicht wußte und vielleicht nie mehr Gelegenheit haben würde, ihn zu fragen, denn Pit Clausen war tonnendick geworden und ich sah seinen Fingern an, daß er immer noch so viel rauchte wie früher, und daß er nicht den geringsten Sport machte, war sowieso klar, wie sollte er das auch mit seinen Krücken.

Er habe sie, bald nachdem er aus seinem magischen Urlaub zurückgekehrt war – »mein Gott«, rief er mit seinem dünnen Stimmchen, »das ist fünfundzwanzig Jahre her!« – in Dornbirn auf der Straße getroffen, zufällig, im Stehen hätten sie die Scheidung verabredet und sich dann mit Küssen auf die Wangen verabschiedet. »Das ist alles«, sagte er, »jedenfalls alles, was ich noch weiß, an mehr erinnere ich mich nicht.«

Als ich so um die dreißig war und mein erstes Buch erschienen war, hatte mich ein Kaplan zu einer Gratislesung ins Gefangenenhaus Feldkirch eingeladen – es sei völlig egal, was ich lese, hatte er gesagt, den Gefangenen gefalle alles –, da blickte ich durch meine Sätze hindurch ins Publikum und sah in der ersten Reihe Pit Clausen sitzen, das ganze Gesicht voller Pickel, Haut wie Streuselkuchen. Das fiel mir ebenfalls ein, als ich neben ihm beim Bankomat stand, und mir fiel auch ein, daß ich nicht wußte, warum er damals im Gefängnis war, daß ich es aber gern wissen wollte, weil ich ihn vielleicht nie wieder im Leben sähe.

»Pit«, sagte ich.

»Was denn«, sagte er.

»Warum warst du damals im Gefängnis?«

»Mord«, sagte er.

Pit Clausen hatte als Zehnjähriger erzählt, sein Onkel sei ohne Fallschirm von einem Flugzeug abgesprungen und auf einem Heuhaufen gelandet und Dr. Sauerbruch habe ihn operiert, und er hatte als Zwanzigjähriger erzählt, er fahre zur See und nirgends auf der Welt sei es schöner als im Hafen von Katmandu.

»Pit«, sagte ich.

»Was denn noch«, sagte er.

»Ich habe von dir geträumt«, sagte ich. »Ich habe geträumt, du seist inzwischen zweihundert Kilo schwer und man mußte dich mit einer Bergeschere aus deinem Wohnwagen schneiden.«

»Stimmt mit Sicherheit nicht«, sagte er.

Ich hob seine Krücken auf, und wir gingen die Bahnhofstraße hinunter und durch die Unterführung. Das dauerte lang.

»Ich muß mich bewegen«, sagte er, »mein Leibarzt macht sich Sorgen um mein Herz.«

Die Kriegsbraut

Ich denke gern an die Frau Vallaster aus der Raimundstraße. Sie war eine Kriegsbraut. So hat sie sich selbst bezeichnet. Sie stammte aus Ostpreußen. Manchmal am Nachmittag kam sie vorbei, wenn es regnete, klingelte nicht an der Haustür, sondern klopfte ans Küchenfenster, eine große, schlanke Frau mit einem Schritt, der nicht zu Röcken und Kleidern paßte. Meine Mutter mochte sie, war aber der Meinung, sie sei kein nobler Umgang. Dann saß die Frau Vallaster in unserer Küche auf der Stuhlkante, teilte mit ihren langen Beinen den Raum, blinzelte mit ihren blondbewimperten Lidern und sagte in ihrem ostpreußischen Dialekt: »Schön, nicht wahr, wir drei Kriegsbräute.«

Und meine Großmutter, geboren in Oberfranken, Tochter eines Mannes aus dem Baltikum, stieß viel Luft aus und zischte: »Dummes Gewaf!« Und ging aus der Küche. Ich hinter ihr her, weiß nicht warum, im Stiegenhaus ballte sie die Faust: »Der könnt ich eine!« Wenn meine Großmutter etwas sagte, was ihr selber über die Stränge geschlagen vorkam, dann blickte sie schräg vor sich nieder, und ihr Gesicht bekam einen verlorenen Ausdruck, für Augenblicke aus jeder Zugehörigkeit verbannt, als erwarte sie die Strafe. Dann schubste sie mich in die Küche zurück und folgte nach. Neue Luft hatte sie geholt im Stiegenhaus, sonst nichts.

Meine Mutter mochte es, wenn sie Kriegsbraut genannt wurde, und sie mochte es auch wieder nicht.

»Es klingt doch, als wären wir nicht freiwillig hier«, sagte sie.

»Sind wir denn freiwillig hier?« seufzte Frau Vallaster; aber sie seufzte mehr in Stellvertretung meiner Mutter als in eigener Angelegenheit. Ihr Mann lebte nicht mehr. Als der Rohbau fertig war, blieb sein Herz stehen, und Frau Vallaster blieb zurück mit vier Kindern, zwei Buben, zwei Mädchen. Bald nach der Beerdigung sah man an Samstagen und Sonntagen ein amerikanisches Auto mit Schweizer Kennzeichen vor dem Ziegelbau parken, und als der Sommer vorbei war, war das Vallastersche Haus das erste in der Raimundstraße, das verputzt war, obwohl weit und breit keine Einnahmen zu erkennen waren.

»Ich meine damit«, sagte Frau Vallaster. Sie hob die Krücken meiner Mutter auf und lehnte sie vorsichtig und akkurat nebeneinander an den Küchenkasten. Dann griff sie nach ihrer Hand. »Ich meine damit …«

»Ich weiß ja, was Sie meinen«, unterbrach sie meine Mutter, »Sie meinen, wir sind mit dem Krieg verheiratet …«

»Genau das meine ich«, sagte Frau Vallaster und nickte stolz wie eine Lehrerin, deren Lieblingsschülerin wieder einmal etwas Gutes aufgesagt hatte.

»So redet sie nur mit dir«, wird meine Großmutter zu meiner Mutter sagen, wenn Frau Vallaster gegangen ist, »weil das Luder genau weiß, daß du in diesen romantischen Quatsch vernarrt bist.« In Frau Vallasters Gegenwart sagte sie: »Und ich? Was ist mit mir? Bin ich mit zwei Kriegen verheiratet? Hab nämlich beide erlebt.«

Frau Vallaster nahm keine Notiz von ihr, zog ihr gepunktetes Kleid über die Knie, ihre derben knöchelhohen Schuhe waren schmutzig. »Paula«, sagte sie – was meine Mutter übrigens eindeutig nicht mochte, sie mochte von niemandem geduzt werden, der nicht zur Familie gehörte – »Paula, summa summarum, habe ich recht, sind wir dankbar, daß uns unsere österreichischen Männer rausgeholt haben, und jetzt endlich zu etwas Wichtigem …« Und dann begann der Rezepteaustausch – eine Sauerbratenvariante gegen eine Weinschaumvariante, begleitet von spitzen Spottlachern meiner Großmutter.

Als 1989 der Eiserne Vorhang fiel, machte sich

Frau Vallaster auf den Weg in ihre Heimat Ostpreußen. Da war sie achtzig. Sie fuhr mit der Eisenbahn, allein. Einer ihrer Söhne war an Delirium tremens gestorben, der andere saß in einem fernen Land im Gefängnis. Die Töchter waren zugedeckt von ihren Familien. In Berlin machte sie Zwischenstation, stieg in einem Hotel ab, in der Nacht erlitt sie einen Hirnschlag, aus dem Koma erwachte sie nicht mehr.

Der verlorene Sohn

Mit seiner Mutter spricht mein Freund ungarisch. An der Wand hängt ein Bild von ihr, ein Ölgemälde, es zeigt sie als junge Frau, sie sieht aus wie Lauren Bacall in »The Big Sleep«. Es tut ihr weh, daß ihr Sohn nicht in die Synagoge geht.

»Ich habe mein Leben lang auf die Religion verzichtet«, sagt sie. »Ich hatte immer das Gefühl, Religion benötigt mehr Zeit, als ich habe. Heute stehen in der Nacht die Worte der Bibel auf und starren mich an.«

Sie leide an Depressionen, sagt mein Freund, denke mit ihren neunundsiebzig Jahren an Selbstmord und an Scheidung.

Mit seinem Vater spricht er deutsch. Der war vor fünfzig Jahren dagegen gewesen, daß sein Sohn beschnitten wurde. Der Vater sagt von sich selbst, er sei Atheist, und daß er damit richtig liege, beweisen die vergangenen zweiundachtzig Jahre. Er ist zweiundachtzig Jahre alt. Wenn seine Frau von Selbstmord und Scheidung spricht, schweigt er.

Wenn ich die Stimme meines Freundes am Telephon höre, wird mir warm ums Herz. Ich liebe ihn. Ich frage ihn: Wo bist du gerade? Er könnte überall sein. Er hat mich schon aus Indien angerufen, aus Vietnam, aus Japan, aus Simbabwe, aus New York, aus Bukarest, aus Moskau.

Mein Freund ist in Temesvar geboren. Sein Großvater war vor dem Krieg der reichste Mann der Stadt gewesen. Er hatte mit der ganzen Welt Handel getrieben. Wenn es um Kauf und Verkauf von Waren ging, hat er in allen Sprachen sprechen können. Das Kaufhaus bei der Oper hatte ihm gehört. Nicht einmal in Bukarest sei solche Vornehmheit zu finden gewesen. Die Stalinisten nahmen ihm sein Eigentum weg. Die Familie wurde ins Russenviertel der Stadt abgeschoben. Damit sie Barfußgehen lernt.

Der Großvater sprach jiddisch, von da an nur noch jiddisch. »Ein Geschäftsmann muß in vielen Sprachen sprechen«, sagte er. »Ich bin kein Geschäftsmann mehr.«

Dann wurde der Vater meines Freundes ins Gefängnis gesperrt. Mein Freund weiß bis heute nicht, warum. Darüber will der Vater nicht reden, bis heute nicht. Bevor er ins Gefängnis kam, hatte er jeden Tag nach dem Mittagessen eine Stunde auf der Bratsche gespielt. Später nie wieder. Ansonsten habe sich bei ihm nichts verändert. Er sei vor dem Gefängnis immer schlecht gelaunt gewesen und nachher genauso.

»Mit dem Großvater habe ich jiddisch gesprochen«, erzählte mir mein Freund, »mit der Mutter ungarisch, mit dem Vater gar nicht. In der Schule habe ich rumänisch gesprochen und mit den Freunden auf der Straße russisch.«

Bald nachdem der Vater aus dem Gefängnis gekommen war, machte sich die Familie auf die Reise. Es gab Verwandte, die Hitlers Holocaust und Stalins Säuberungen überlebt hatten. Ferne Brüder, ferne Neffen, ferne Vettern – die schickten Geld. Das wurde für Pässe und Fahrkarten hingelegt. Man hätte ein halbes Schiff dafür kaufen können.

Erst lebte die Familie in Wien. Der Sohn lernte Deutsch. Dann probierte man es mit London. Der Großvater sprach wieder seine Sprachen. Er trieb wieder Handel. Er handelte mit Schweinehälften. Handelte mit der rumänischen Regierung. Tauschte das Fleisch gegen den Rest der Familie, der noch in Rumänien lebte. Und prozessierte bis zu seinem Tod, weil ein Ministerium statt eines Neffen dessen Urne geschickt hatte.

London hielt nicht lange. Die Familie kehrte nach Wien zurück. Mein Freund hatte Englisch gelernt. Nun wurde er Österreicher. Österreichischer Staatsbürger. Er war ein hervorragender Schwimmer, wurde in die Wasserballjugendauswahlmannschaft aufgenommen. Er mußte sich die Fingernägel schneiden, bis ganz herunter, damit er den

Gegner unter Wasser nicht verletze. Von Anfang an war mein Freund ein guter Österreicher.

Dann war er fünfundzwanzig und hatte eine winzige Tochter und riß seine Frau an den Haaren, und sie riß ihn an den seinen. Seine Welt, das waren die schwarzen Punkte ihrer Augen. Die wurden immer enger. Das machte der Haß. Auch seine Augen wurden immer enger. Er lief davon, lief in der Nacht durch die Stadt, lief zum Westbahnhof. Alle sind sie immer geflohen in seiner Familie. Das war seine Flucht. Wasser, dachte er, nur Wasser muß ich mitnehmen, Wasser und meinen Paß. Und eine Hosentasche voll Geld. Er kaufte sich eine Fahrkarte nach Paris. Er sprach ungarisch, rumänisch, jiddisch, russisch, deutsch und englisch. Damit verdiente er sich in Paris sein Geld. Nach zwei Jahren kehrte er nach Hause zurück, das hieß damals nach Wien, da konnte er obendrein Französisch.

Ein Jahr blieb er in Wien, dann zog er nach Los Angeles. Er wanderte aus. Diesmal wanderte er aus. Er lernte eine rothaarige Frau kennen, die stammte aus Ohio. Sie hatte zwei Kinder, Buben. Sie war heroinsüchtig, lebte in Trennung von ihrem Mann, der war ebenfalls heroinsüchtig. Sie unterzog sich einer Entziehungskur und ließ sich scheiden. Ich lernte sie kennen, da hatte sie eine Woche zuvor meinen Freund geheiratet. Und mein Freund hatte die Greencard bekommen.

»Amerikas Hochzeitsgeschenk«, sagte er.

»Du bist also sein Freund«, sagte seine Frau und umarmte mich.

»Ja, das bin ich«, sagte ich.

»Bringst du mir Deutsch bei?« fragte sie.

»Er soll dir Deutsch beibringen«, sagte ich. »Er kann alle Sprachen, er ist vor Babylon geboren.«

»Er ist in keiner Sprache zu Hause«, sagte sie und machte eine Faust und legte sie sanft an das Auge meines Freundes.

»In welcher Sprache träumst du?« fragte ich ihn.

»Gestern«, sagte er, »gestern habe ich geträumt, ich repariere zusammen mit meinem Vater das Dach unseres Nachbarn, da ist mir der Hammer aus der Hand gefallen und hat meinen Vater erschlagen.«

Die geeignete Würde

Am 11. September, nachdem ich den Hörer aufgelegt hatte, durch den mir von der Katastrophe in New York berichtet worden war, blickte ich zum Fenster hinaus und sah unsere Nachbarin, die ein Bündel Kraut in der Hand hielt und daran roch. Die andere Hand rieb sie mit gespreizten Fingern an ihrem Schenkel. Ihre weißen, lichten Haare saßen starr auf ihrem Schädel, zu Locken gerollt, ohne Ambition zu gefallen. Mir wurde bewußt, daß ich mich nicht mehr erinnern konnte, wie sie ausgesehen hatte, als ihr Sohn und ihre Tochter noch Kinder waren. Ich schämte mich, weil die Zeit über mich hinweggefahren war. Katastrophen können einen verlegen machen. Sie, dachte ich, die Frau, war wenigstens erstarrt. Sie trug ihre alte Kleiderschürze, die ich schon so viele Jahre kannte. Erst hatte sie das Stück nur im Haus bei der Küchenarbeit getragen, dann, als es ausgebleicht und zerschlissen war, zog sie es bei der Gartenarbeit an.

Bunte, verschlungene Muster waren auf der Schürze, wanden sich unter die Achseln, widersprachen sich in den aufgenähten Taschen, Muster, die den Tapetenmustern in ihrem Wohnzimmer ähnlich sahen. Einmal war ich in ihrem Wohnzimmer gewesen. Sie hatte Monika und mich an einem zweiten Weihnachtsfeiertag zu einem Glas selbstangesetzten Likör und Birnenbrot eingeladen. Wir standen bei der Tür, auf dem schmalen Streifen Riemenboden, mit meinen Schuhspitzen berührte ich den Teppich. Der war bauschig und zu schmal und zu lang, an den Längsseiten des Raumes war er umgeschlagen. Es roch nach Kerzen und ein wenig nach Moder. Ein Tisch mit Fliesenplatte stand da, ein Kanapee, ein Geschirrschrank mit Glastüren. Der Teppich nahm alles unter sein Diktat. Wie ein unverletztes Wesen war uns dieser Raum vorgekommen, das Heiligtum dieser Leute, nutzlos, weil nicht genutzt, ausstaffiert wie ein Symbol. Monika und ich waren uns einig gewesen: Für diesen Raum waren wir nicht die richtigen Gäste. Ich glaube, unsere Nachbarn hatten das ähnlich gesehen. Sie waren enttäuscht von uns gewesen. Es war uns nicht gelungen, die geeignete Würde vorzuweisen. Die Frau bestrich zwei Birnenbrotschnitten mit Butter und gab Monika eines und mir eines, und wir aßen sie im Stehen und tranken den Likör hinterher. Wir waren verlegen, und die Zeit war langsam gewesen.

Am 11. September blickte ich durchs Fenster und wartete darauf, daß die Frau sich bewegte. Ich wollte die Luft anhalten, bis sie sich bewegte. Sie weiß noch nicht, was geschehen ist. Sie kann es noch nicht wissen. Seit zwei Stunden arbeitet sie im Garten, jätet Unkraut, recht Laub, erntet. Sie konnte es nicht wissen. Sie stand dicht am Zaun, die Nase in dem Büschel Kraut. Mit verzweifelter Gier sog ich nach einer Minute die Luft in meine Lungen. Was für einen Duft mußte dieses Kraut ausströmen, daß die Frau so lange Lust daran haben konnte!

Der Ungar

Seine Familie kam 1956 während der Ungarnkrise nach Österreich, da war er gerade ein Jahr alt. Er wuchs in Wien auf, besuchte eine höhere technische Schule. Seine Eltern gaben ihm einen deutschen Vornamen, da war er fünfzehn. Günther Fülöp hieß er nun. Nach der Matura zog er nach Vorarlberg. Er arbeitete bei einer großen Firma, die Maschinenteile herstellte. Er heiratete, seine Frau war Schweizerin, sie gebar zwei Söhne. Dann ergriff Günther Fülöp die Chance seines Lebens und sagte ja. Ihm war eine leitende Stelle in einem Schwesterbetrieb in Venezuela angeboten worden. Nach dreizehn Jahren kehrte er mit seiner Familie nach Europa zurück, machte sich selbständig, eröffnete ein Büro für Industriewerbung.

Ich lernte ihn bei einem der jährlichen Treffen der Rockmusiker kennen. Diese Treffen fanden zwischen Weihnachten und Neujahr statt. Wir unterhielten uns über Emmylou Harris, die wir beide nicht für eine Göttin, aber doch für eine Dame hielten. Günther Fülöp sah aus wie ein Model für einen Nazibildhauer – breite Kinnlade, breiter Mund, die Winkel leicht nach unten gezogen, Lippen schmal, Stirn gerunzelt, die Haare kurz und nach hinten gebürstet. Irgendwann, erzählte er mir später, habe er sich gedacht, wenn er noch eins drauflege, dann ironisiere er sich selbst, und dann würde es vielleicht gehen. Darum habe er mit Bodybuilding angefangen, in vernünftiger Dosierung.

Musik habe er, erzählte er mir bei anderer Gelegenheit, immer geliebt, früher Klassik, als Vierzehnjähriger Oper, bei Parsifal sei ihm schlecht geworden, aber das liege ganz in Wagners Absicht. Mit dreißig sei er zum Rock 'n' Roll vorgedrungen, und erst mit vierzig habe er die Countrymusic entdeckt. Er war ein sauberer Gitarrist, das heißt, er brachte nichts Hervorragendes, aber dafür Verläßliches. Singen konnte er wie ein Mann aus Alabama oder aus Mississippi oder aus Tennessee oder einer aus Texas, der es über den Ozean geschafft hatte. Er hatte eine einsame Art, Witze zu machen.

Vor ein paar Tagen standen wir beide vor der Trafik oben beim Hochhaus, das zwar so genannt wird, in Wahrheit aber nur zwei Stockwerke hat.

»Rauchst du noch?« fragte ich.

»Wieder«, sagte er.

Ich sagte: »Ich rauche nicht, aber wenn es dich vor meinem Mund nicht graust, zünde ich dir gern eine an.«

Wir setzten uns auf die Bank beim Emsbach, und ich zündete ihm Zigaretten an, und er rauchte sie fertig. Er war weiß geworden, und das drängte das Nazihafte zurück. Sein Mund, klein und geformt wie ein französischer Akzent, paßte nicht zur Zigarette. Wenn ich uns beobachtet hätte, zum Beispiel durch einen Feldstecher aus einem der Fenster drüben beim Hochhaus, ich hätte mich für den Raucher gehalten und ihn für den, der die Zigarette bloß anzündete.

Dann fiel mir ein, daß ich etwas ähnliches schon einmal gedacht hatte. Als ich ihn bei einer Session Mundharmonika spielen sah. Da hatte ich gedacht, zu diesem Mund paßt eine Mundharmonika nicht. Und jetzt mußte ich denken: Was paßt eigentlich zu diesem Mund?

»Deine Frau und du«, sagte ich.

»Was meinst du?« fragte er.

»Wie lange seid ihr verheiratet?«

»Dreiundzwanzig Jahre, schätze ich.«

»Schlaft ihr noch miteinander?«

»Klar«, sagte er. Und dann im Schweizer Dialekt, als ob er Befugnis hätte, auch im Namen seiner Frau zu antworten: »Sicher, sicher.«

»Und küssen?«

»Hast du einen Vogel!« rief er.

Ich schielte zu ihm hinüber, beobachtete seinen Mund. In der späten Morgensonne des Oktober sah er leblos aus wie ein Maskenteil, das sich nur wenig veränderte, wenn der Zigarettenfilter hineingesteckt wurde, das sich nur wenig veränderte, wenn es den Rauch entließ. Ich faßte die Meinung, dieser Mund sei der Denunziant des Lebens dieses Mannes, er pries diesen Mann als einen kleinmäuligen, fleißigen Schwindler an. Aber ich wußte: So einer war der Ungar nicht.

Die Fenkarts

Im Eckhaus, am Anfang der Raimundstraße, wohnt Frau Fenkart. Inzwischen wohnt sie allein dort. Sie hat zwei Töchter, beide Juristinnen, erfolgreich, verheiratet, kinderlos. Und von rassiger Schönheit. Ich schreibe dieses Wort zum ersten Mal in meinem Leben nieder. Die beiden hatten schwarzes Haar, viel Haar, kaum zu bändigen, hatten einen dunklen Schatten auf der Oberlippe und Rasierpickel an den Innenseiten der Oberschenkel, das konnten wir sehen, wenn sie in ihren Badeanzügen an den Baggerlöchern beim Alten Rhein entlanggingen. Unzertrennlich waren die Schwestern gewesen, die jüngere hieß Heidrun, den Namen der älteren habe ich vergessen. Sie nahmen keine Notiz von uns. Nicht, daß wir ihnen zu gering gewesen wären, sie waren nicht arrogant. Sie wußten gar nicht, daß ich ihr Nachbar war. Wenn sie mich heute grüßten, grüßten sie mich morgen wieder, und sie grüßten mich, wie man einen grüßt, den man zum ersten

Mal sieht, denn es war ihnen entfallen, daß sie mich gestern auch schon gegrüßt hatten. Sie genügten einander.

Die ältere hatte als Sechsjährige etwas an der Lunge gehabt und war deshalb erst ein Jahr später in die Schule gekommen. Die Mutter zog ihre beiden Töchter gleich an, in der Siedlung wurden sie die Zwillinge genannt, die Fenkart-Zwillinge, obwohl jeder wußte, daß sie keine Zwillinge waren. Am Gymnasium übersprangen sie wegen Intelligenz eine Klasse und mit zweiundzwanzig Jahren machten sie in Innsbruck ihren Doktor in Jus. Nach dem Studium besuchten sie ihr Elternhaus nur noch zu Weihnachten. Darüber wunderte man sich in der Siedlung. Es war doch nie Streit gewesen in diesem Haus.

Herr Fenkart war Versicherungsagent, und es hieß, er sei tablettensüchtig. Er war ein finsterer Mann gewesen, ein rassiger Mann. Ich hatte ihn einmal nackt gesehen. Die Fenkarts hatten in der Waschküche eine Badewanne, ein eigenes Badezimmer besaß damals keiner in unserer Gegend. Von der Waschküche führte eine Tür in den Garten, der Garten war zugewuchert, und es war ein leichtes, sich an das Haus zu schleichen. Toni Amann, der später nach North Carolina auswanderte, hat mir davon erzählt. Er sagte, man könne eine nackte Frau anschauen, wenn ich Interesse hätte, solle ich es ihm sagen. Ich war dreizehn und hatte Interesse.

An den Samstagnachmittagen badeten die Fenkarts gemeinsam in der Waschküche. Toni Amann und ich schlichen durch das Gestrüpp und schauten abwechselnd durch das Schlüsselloch. Als ich drankam, saß Frau Fenkart bereits in der Wanne, sie drehte der Tür den Rücken zu. Ich sah nur Herrn Fenkart, der stand nackt mitten im Raum, breitbeinig, das Wasser triefte von seinem Körper, der war schwarz behaart, und die nassen Haare sahen aus wie Schlamm, der durch Waschen nicht abgegangen war. Das Geschlecht lag in den nassen Schamhaaren verborgen.

Nach dem Tod ihres Mannes begann Frau Fenkart zu putzen. Sie putzte das Haus vom Keller bis zum Dach, fing damit an am Montag, war fertig am Freitag, versorgte den Garten, kaufte sich einen Laubstaubsauger, mit dem bearbeitete sie das Straßenstück, an das ihr Grund grenzte. Sie war immer freundlich, immer fröhlich, machte Wahlwerbung für Waldheim, vorübergehend leuchtete an einem ihrer Dachfenster ein Neonkreuz, einmal habe ich sie über Rückenschmerzen jammern hören. Ihre Töchter kamen zu Weihnachten auf Besuch, sie sprachen mich auf der Straße an, sagten, sie verfolgten sehr wohl, was aus mir geworden sei, sagten, sie seien stolz, daß es einer aus ihrer ehemaligen Nachbarschaft geschafft habe, baten mich, ihnen etwas Persönliches in eines meiner Bücher zu schreiben.

Walkner

Dort, wo es zum Flugplatz geht, lebte ein Mann, der hieß Walkner, seinen Vornamen weiß ich nicht. Er war Maurer, und er hatte für niemanden zu sorgen, er hatte keine Frau und keine Kinder, nur einen Cousin, der war ebenfalls Maurer. Walkner war Hilfsarbeiter, und als seine Eltern starben, erbte er einen schmalen Streifen Acker, der bald darauf zu Bauland erklärt wurde. Damit war der Wert des Grundstücks gestiegen, und weil es obendrein an einer Straßenkreuzung lag, die in den aufstrebenden sechziger Jahren an Bedeutung gewann, traten immer wieder starke, finanzkräftige Männer an Walkner heran, sie wollten ihm sein Grundstück abkaufen und Wohnblocks darauf bauen. Sogar in der Gemeinde gab es Fraktionen, die ihn drängten, man nannte ihn einen Egoisten, weil er Boden besitze, den er nicht nutze. Tatsächlich nutzte Walkner seinen Acker nicht. Er baute weder etwas an, noch pflegte er das Gras, das dort wild wuchs. Er setzte sich manchmal sonntags unter einen Baum und rauchte seine Zigaretten und trank seinen Most, und grüßte den, der an seinem Grundstück vorüberging, auch wenn er selbst nicht gegrüßt wurde.

In den siebziger Jahren siedelten sich ein paar Betriebe in der Umgebung an, einer stellte Kartonagen her, ein anderer feine Stickwaren, eine Druckerei folgte und ein Fleischgroßhändler. Die Äcker, die an Walkners Grundstück grenzten, wurden für unverhofft gutes Geld verkauft, Siedlungen wurden darauf gebaut, der Preis für Walkners Grundstück schnellte in die Höhe. Er verkaufte nicht. Wenn die Bewohner der Appartements an Sommersonntagen unter ihren Sonnenschirmen lagen und auf ihr gestutztes Grün schauten, dann war die Schande vor ihren Augen – Walkners Wiese, brach, verrottet, verlottert, unnütz wie ihr Besitzer. Walkner rauchte Dreier, trank Most, saß im Schatten eines Baumes, grüßte, zwinkerte uns Buben unter seinem Brauengestrüpp zu und wußte nicht, daß seine Existenz eine Provokation war.

Ich erinnere mich, daß mein Vater eines Tages sagte, der Bürgermeister habe Walkner ein Ultimatum gestellt. Wenn er nicht bald nachweisen könne, daß er das Grundstück brauche, werde man ihn enteignen.

Da begann Walkner ein Haus zu bauen. Er hob den Keller aus, das dauerte fast ein Jahr. Niemand half ihm. Er hatte nie um Hilfe gebeten. In kurzer Zeit betonierte er das Fundament, ziegelte die Wände hoch und setzte den Dachstuhl auf. Da staunte man in Hohenems, und man kam, um sich das anzusehen. Der Walkner grüßte, schnippte seinen Tschick in die Wiese und setzte sich unter seinen Baum.

Ein Rohbau stand da. Fensterlos, unverputzt. Stand ein Jahr da. Nichts geschah. Stand ein weiteres Jahr da und noch ein Jahr und noch eines. Brombeeren wucherten, wo die Terrasse hätte sein sollen. Die Apfelbäume schickten ihre Wassertriebe aus, Bäume wie Köpfe von Wahnsinnigen. Bäume wie ihr Besitzer.

Einmal war ich auf dem Weg zum Flugplatz, wo eine Doppeldeckerschau abgehalten wurde, da kam ich an Walkners Grundstück vorbei. Er war gerade dabei, Holz zu hacken. Ich grüßte ihn, und er grüßte zurück, und dann fiel ihm etwas ein.

»He!« rief er.

Ich blieb stehen und blickte ihn an.

»Willst du einen Most?« fragte er. Er reichte mir ein Glas, ich trank und sagte, es sei der beste Most, den ich je getrunken hatte, was stimmte. »Dann trink noch ein Glas mit mir«, sagte er. Und das tat ich.

Wir standen uns gegenüber wie Kollegen, und es mußte nichts zwischen uns gesagt werden. Er hatte das Beil in dem Holzklotz auf dem Hackstock stecken lassen, und wir tranken ein drittes Glas. Ich spürte den Alkohol. Er lächelte mich an und nickte. »Gut, gell«, sagte er. »Ja, gut«, sagte ich. Dann ging ich zur Doppeldeckerschau.

Das Beil blieb in dem Klotz auf dem Hackstock stecken. Es blieb über den Sommer stecken und blieb stecken über Jahrzehnte. Irgendwann fiel der Stiel ab, weil er morsch geworden war.

Im vorletzten Sommer wurde der Rohbau vom Walkner abgerissen – nach fünfunddreißig Jahren. Nun steht ein Wohnblock dort.

Vom elektrischen Strom

Diese Geschichte hat mit Zauberei zu tun. Sie trug sich vor vielen Jahren zu, und sie fiel mir ein, als ich gestern über die Brücke beim Rosenplatz ging und durch die Fußgängerunterführung unter den Geleisen hindurch. Als ich acht Jahre alt war, war hier eine Bahnschranke für Fußgänger und Fahrräder gewesen, und daneben stand ein Bahnwärterhaus. Die Bahnwärters hatten den schönen Namen Salomon, der Vater war zuständig für zwei Schranken und für mehr nicht. Das Haus war klein und die Familie groß. Zweimal waren Zwillinge gekommen und dann noch zweimal normale Kinder. So sagte man. Die Zwillinge waren ein Versehen, eine Art Unaufmerksamkeit, eine Art Schuld in Wahrheit. Vernünftige Leute hatten vielleicht ein Zwillingspaar, aber nicht gleich zwei. Wenn aus den offenen Fenstern des kleinen Hauses das Bettzeug hing, dann sah man Stockbetten, nur Stockbetten, als ob das ganze Haus mit Stockbetten vollgestopft wäre, und so wird es ja auch gewesen sein.

Einer der Bubenzwillinge ging mit mir in eine Klasse. Warum der andere nicht, hatte gesundheitliche Gründe. Die Bubenzwillinge hießen Walter und Werner, die Mädchenzwillinge Veronika und Vera. Mein Vater konnte sich darüber nicht genug an den Kopf schlagen. Mit dem Walter war ich befreundet, wir hatten das gleiche Interesse, nämlich Elektrizität.

Unsere Freundschaft war sachlich, sie hatte nichts mit Gefühlen zu tun. Ich profitierte von Walters Wissen, er von meinen Kontakten. Mein Nachbar arbeitete beim Elektrizitätswerk, und er mochte mich. Es geschah nicht selten, daß er von der Arbeit nach Hause kam und mir über den Garten hinweg eine Porzellanisolation zuwarf, die aussah wie eine appetitliche Zitronennachspeise, so weiß. Ich bewunderte ihn, ich hatte ihn mit armlangen Klammern an den Schuhen auf Telephonmasten klettern sehen, nicht anders als ein anderer über eine Stiege hinaufgeht.

Walter und ich bauten Dinge, und wir brauchten Material – Kupferkabel, Steckdosen, verschiedene Klemmen. Er hatte die Ideen, ich besorgte das Material. Ich ging am Abend hinüber zum Nachbarn, klingelte und sagte, was wir brauchten. Das war nicht vorlaut, der Mann hatte mir oft genug gesagt, wann immer ich etwas brauche, solle ich es ihm sagen. Er hatte blonde geringelte Haare und machte beim Reden einen Mund, als gebe er gleich etwas Entscheidendes von sich. Alles, was ich von ihm wollte, besorgte er mir.

Als das Ding, das wir bauten, fertig war, sagte Walter Salomon zu mir: »Wir brauchen Strom.«

Ich klingelte also bei unserem Nachbarn und sagte: »Ich brauche Strom.«

Er sagte: »Komm morgen nachmittag beim Werk vorbei, dann gebe ich dir Strom.«

Und das tat er. – Er tat folgendes: Er nahm einen Papiersack, blies ihn auf – nicht vor meinen Augen, natürlich nicht –, legte ihn ganz vorsichtig in meine Hände und sagte: »Aufpassen, aufpassen, daß er nicht verlorengeht und daß du nicht drankommst, sonst tut es weh.«

Die Folge war, daß die Freundschaft zwischen Walter und mir zerbrach. Ich wollte den Strom nicht teilen, wollte ihn ganz allein für mich haben. Er war mein Glücksbringer. Ich legte den aufgeblasenen Papiersack auf meinen Nachttisch und ließ mich von Walters Bitten nicht erweichen.

Von nun an hatte ich nur noch Glück. Ich war in der Schule gut, die Tochter vom Auto-Beck interessierte sich für mich. Ich lernte ruck-zuck schwimmen, ich fand einen Fünfer auf der Straße, und so weiter. Strom bringt Glück, das war damit erwiesen, und ich hatte Walter um seinen Anteil an diesem Glück betrogen.

Viele Jahre später, er war ein erwachsener Mann, sein Elternhaus war längst abgerissen, es gab in Hohenems keine beschrankten Bahnübergänge mehr, hat sich Walter Salomon das Glück geholt. Er stieg auf einen Mast der Österreichischen Bundesbahnen, ich will das Ende nicht erzählen, jetzt nicht, vielleicht später.

Es ist alles still

Ich wollte eigentlich eine andere Geschichte erzählen, die von Frau Vallasters ältestem Sohn, der schon im Alter von acht Jahren ein Rächer war, ein Schläger später, mit fünfundzwanzig im Gefängnis, die Geschichte ist lange her. Gestern nacht, als ich mich hinsetzte, um sie niederzuschreiben, klingelte unser Freund Perry, der auch ein Schriftsteller ist, aber nicht viel von der Schriftstellerei hält. Ich öffnete ihm die Tür, aber er trat nicht ein.

»Komm mit«, sagte er. Ich solle ihm sagen, was ich davon halte. Ich merkte ihm an, daß er verwirrt war. Er hielt mir die Beifahrertür auf und dann fuhr er mit mir durch die Siedlung.

»Ich bin heute ausnahmsweise einen anderen Weg zu euch gefahren«, sagte er. »Ich habe die Einfahrt beim Hemdengeschäft verschlafen und bin weiter in Richtung Altach gefahren und dann in diese Straße hinein.«

Er hielt am Straßenrand, fuhr dann aber doch

noch ein Stück vor, so daß sein Nissan nicht unter der Laterne stand.

»Steigen wir hier aus und gehen das Stück.«

Es hatte in den letzten Tagen geschneit und dann nicht mehr, dafür waren die Nächte sehr kalt gewesen. Heute nachmittag, als ich zur Post gegangen war, hatte ich den ersten Föhnhauch gespürt, jetzt am Abend war es bereits warm wie im Frühling. Ich war im Hemd, und Perry war im Hemd. Er hatte seine Jacke auf den Rücksitz geworfen. Sie roch wie meistens, wenn er uns abends besuchte, nach chinesischem Essen.

»Ich will dir keine Sensation bieten«, sagte er. »Vielleicht ist ja auch schon alles vorbei.«

Es war nicht vorbei. Wir blieben vor einem Haus stehen, das ich nicht kannte, das heißt, ich kannte die Bewohner nicht. Wir hörten eine Männerstimme. Und es war schrecklich, was wir hörten. Der Mann fluchte und schimpfte und drohte. Es war eine solche Flut ordinärer Worte, die aus dem einzigen erleuchteten halboffenen Fenster drang, daß ich im ersten Moment gar nicht auf die Idee kam, es könne sich hier um Reales handeln. Aber es war nicht Fernsehen.

»Ich habe ihn beim Vorbeifahren gehört«, sagte Perry. »Ich bin zurückgefahren und habe ihm zugehört. Ich nehme an, er beschimpft eine Frau.«

Wir hörten eine Weile zu. Ich gab Perry recht, der Mann beschimpfte eine Frau.

»Hat sie bisher etwas gesagt?« fragte ich.

»Ich habe nicht ein Wort von ihr gehört«, sagte Perry.

Von Umbringen war die Rede. Der Mann schrie in einem Anfall von Hysterie, wie auch ein stimmgewaltiger Mensch es nicht länger als ein paar Minuten durchhalten konnte.

»Und das geht schon die ganze Zeit so?« fragte ich.

»Vielleicht hat er eine Pause gemacht, während ich dich geholt habe«, sagte Perry.

Der Mann wollte umbringen. »Ich bringe dich um!« schrie er immer wieder. »Ich bring dich um!«

»Wir müssen die Polizei holen«, sagte ich.

»Warte«, sagte Perry. »Er hat schon vorhin vom Umbringen gebrüllt, und er hat es nicht gemacht, dann wird er es jetzt auch nicht machen.«

»Woher weißt du das?« flüsterte ich. Es war völlig überflüssig zu flüstern. Der Mann in seiner Raserei hörte uns bestimmt nicht.

»Vielleicht können wir heraushören, was ihn so wütend gemacht hat«, sagte Perry.

Wir standen und lauschten. Der Mann brüllte, und das Wetter schlug um. Ebenso plötzlich, wie der Föhn am Nachmittag gekommen war, löste er sich wieder auf, und die der Jahreszeit angemessene Temperatur fiel wieder ein. Mir fröstelte, und Perry fröstelte auch.

»Sie ignoriert ihn einfach«, sagte Perry. »Das macht ihn verrückt.«

»Andererseits ist es das Beste, was sie tun kann.« Das sagte ich.

»Ich an ihrer Stelle«, sagte Perry, »würde einmal laut brüllen. Nur einmal. Vielleicht tut sie es ja noch.«

Ich sagte: »Ich an ihrer Stelle würde etwas auf den Boden hauen, was einen sehr lauten Krach macht.«

»Vielleicht tut sie es ja noch«, sagte Perry.

Der Mann schrie, wir hörten zu, es war langweilig, weil er immer nur das gleiche schrie, und uns war kalt, weil wir nur in Hemden waren.

»Wenn sie zurückbrüllt«, sagte Perry, »gehen wir. OK?«

»OK«, sagte ich.

Sie brüllte nicht zurück. Wir fuhren nach Hause. Redeten bis zwei. Dann verabschiedete sich Perry. Fünf Minuten, nachdem er gegangen war, rief er von seinem Handy aus an.

»Ich bin noch einmal kurz stehengeblieben«, sagte er. »Es ist alles still.«

Michael

Als ich meinen Einkauf auf den Schlitten schichtete, sah ich einen Buben, der bei den Altglascontainern stand und mich beobachtete. Ich brach eine Banane vom Kranz und hielt sie ihm hin. Erst blickte er sich um, ob ich nicht vielleicht einen anderen meinte.

»Heil«, sagte er.

»Heil«, sagte ich.

Er nahm die Banane, legte seine Hände um sie. Ich schätzte sein Alter auf zehn, höchstens zwölf. Er hatte keine Handschuhe an.

»Ist etwas mit dir?« fragte ich.

»Ist schon okay«, sagte er.

»Wartest du auf jemanden?«

»Ist schon okay«, sagte er.

»Wem gehörst du?«

»Haben Sie einen Euro für mich?« fragte er.

»Wenn du mir hilfst, den Schlitten nach Hause zu ziehen, gebe ich dir zwei Euro«, sagte ich.

Er schippte die Banane von einer Hand in die andere und wieder zurück, als würden auf diese Weise seine Finger warm.

»Okay«, sagte er und hob den Strick vom Boden auf. »Wohin?«

Ich ließ ihn den Schlitten ziehen und ging neben ihm her. Er mühte sich, die Straße war zum Teil aper. Ich wollte ihm helfen, aber er wehrte mich ab.

Vor unserem Haus sagte ich: »Wenn du willst, kannst du einen Sprung hereinkommen und eine Suppe essen und dich aufwärmen.«

»Okay«, sagte er.

Er löffelte die Suppe, aß drei Schnitten Brot mit Butter und Camembert, trank Milchkaffee, und ich fragte ihn aus.

Er heißt, wie ich, Michael. Lebt zusammen mit seiner Mutter. Sein älterer Bruder, den er kaum kennt, wohnt bei seinem Vater, den er ebenfalls kaum kennt. Sein Vater sei der Typ, der vor fünf Jahren im Lotto gewonnen habe. Ob ich mich nicht erinnere. Nein, sagte ich, ich interessiere mich für solche Meldungen nicht. Es sei aber in allen Zeitungen gestanden. Trotzdem nicht, sagte ich. Einen Augenblick schien er ratlos. »Wir waren reich«, sagte er.

»Ich glaube, du lügst mich an«, sagte ich.

»Ich lüge nicht«, sagte er. »Mein Vater hat einen Ferrari gefahren.«

»Glaub ich nicht«, lachte ich.

»Einen Ferrari und einen Mercedes!«

»Was ist los mit dir?« lachte ich. »Das imponiert mir doch nicht. Ich kann dir helfen. Sag, was los ist, und ich helfe dir!«

»Ich brauche keine Hilfe«, sagte er. »Mein Vater hat einen Ferrari gefahren, und wir sind nach New York geflogen, alle zusammen, weil wir so viel Geld gehabt haben.«

»Und was ist mit dem Geld jetzt?«

»Das ist weg. Das haben wir verputzt.«

»Das ist doch erstunken und erlogen!« fuhr ich ihn an.

»Ich will nichts mehr essen«, schrie er und stand auf. »Und den Kaffee will ich auch nicht.« Und stampfte mit dem Fuß auf. »Wir haben viel mehr gehabt, als du hast! Du hast überhaupt nichts Schönes! Wir haben nur Schönes gehabt!«

»Sag nicht du zu mir!« sagte ich, und ich blieb sehr beherrscht.

»Willst du mir drohen?« brüllte er mich an.

»Schau, daß du rauskommst!« brüllte ich zurück.

»Du bist ein Scheißtyp«, kreischte er. »Es tut mir leid, daß ich denselben Namen habe wie du!«

Dann rannte er die Stiege hinunter und schlug die Tür hinter sich zu.

Die Bichslers

Es gibt Familien, deren Mitglieder – und ich rechne die eingeheirateten durchaus dazu – sich einer Überschrift beugen. Die Überschrift der Familie Bichsler aus der Vogelherdstraße lautete: Als ob. Die Bichslers bewohnten das Eckhaus, das heißt, sie hatten das größte Grundstück der Straße. Darauf standen zwei mächtige Obstbäume, ein Apfel, eine Birne, und dann noch eine Birke, die das Haus um halbe Höhe überragte. Die Bichslers wurden von ihren Nachbarn gegrüßt wie Generaldirektoren, auch die Kinder. Das erste Auto in der Straße, einen Renault Dufin, besaßen die Bichslers. Den ersten Fernseher besaßen die Bichslers. Lange waren die Bichslers die einzigen in der Siedlung, die in Urlaub fuhren. Dabei war der Vater nichts weiter als Volksschullehrer. Es hieß, die Mutter stamme von Adeligen ab.

Dann fällte man den Birnenbaum und hob an seiner Stelle einen Swimmingpool aus, nicht größer als das eheliche Doppelbett. Dann fällte man den Apfelbaum und stellte an seine Stelle eine Venus aus Beton. Die älteste Tochter heiratete einen Krankenpfleger, der hieß Wagenknecht, im Telephonbuch stand Dr. Wagenknecht. Sie bekamen Kinder, und man sagte: Das sind die Kinder vom Dr. Wagenknecht, und wenn ihre Mutter zum Elternsprechtag kam, hielt ihr der Lehrer die Tür auf und sagte: »Grüß Gott, Frau Doktor.«

Der jüngere Bruder der Frau Dr. Wagenknecht war Künstler, er lebte in Wien. Er hatte schon in Rom, Tokio, Buenos Aires, Los Angeles ausgestellt und in Shanghai. Alle Jahre einmal stand etwas über ihn in unserer Zeitung, er sei gerade auf dem Sprung irgendwohin, Rom, Tokio, Buenos Aires, Los Angeles, Shanghai. Jeder wußte die Wahrheit: Er war Zeichenlehrer in einem Gymnasium in Rudolfsheim-Fünfhaus und kein Pinselstrich mehr. Jeder wußte es, und jeder meinte, er selbst gehöre zu den ganz wenigen, die es wissen, und weil sich jeder für zu vornehm hielt, den Schwindel aufzudecken – in Wirklichkeit, weil sich keiner ausreichend dafür interessierte , galt Albert Bichsler in der Siedlung als großer Künstler, und wenn er zu Weihnachten im Pelz auftauchte, riefen ihm die Nachbarn zu: »Wieder einmal auf Heimurlaub, ha?«

Eine Enkelin der alten Bichslers, eine Tochter der Frau Doktor, rief mich vor ein paar Monaten an.

Sie wolle mit mir über ein Projekt sprechen, ob ich sie treffen könne. Ich sagte, sie solle zu uns nach Hause kommen. Das wollte sie nicht. Also verabredeten wir uns im Café. Sie war zwanzig, studierte Jus und wollte einen Roman schreiben.

»Worüber?« fragte ich sie.

»Es gibt nur ein Thema, worüber ich einen Roman schreiben kann«, sagte sie.

»Ich verstehe«, sagte ich.

Sie warf mir einen gequälten Blick zu. »Sie könnten es mir weniger direkt sagen«, preßte sie hervor. »Sie zweifeln, ob ich das kann.«

»Nein«, sagte ich, »ich zweifle, ob Sie das wollen.«

Sie ließ den Kopf hängen. »Ich weiß selbst nicht, ob ich eine Schriftstellerin werden möchte oder ob ich nur so tun möchte, als ob ich eine Schriftstellerin werden möchte.«

»Ich wünsche Ihnen auf alle Fälle viel Glück«, sagte ich.

»Das tun Sie nicht«, sagte sie.

Und sie hatte recht.

Der Bundespräsident

Der einzige Mensch, den ich kannte, der Bundespräsident werden wollte, ist vor drei Wochen gestorben. Zweimal habe ich eine Unterstützungserklärung für ihn unterschrieben. Ich habe es nicht gern getan und eigentlich auch nicht freiwillig. Er ließ einem keine Wahl. Seit ich ihn kannte, benahm er sich wie ein Bundespräsident im Urlaub. Jederzeit auf Abruf. Für den Fall, daß etwas Gravierendes geschähe. Stets trug er ein Smokinghemd. Kragenknopf offen, Kragen hochgestellt, so daß die Fliege blitzschnell umgelegt werden könnte. Schlohweißes, aufgeföhntes Haar. Er war ein Verrückter, dem es gelang, mich zu seinem Verbündeten zu machen. Ich hätte mich vor den Wahlen verstecken müssen. Oder dreist lügen. Er lauerte mir auf und stellte mich.

»Hast du schon unterschrieben?«

»Ja«, sagte ich.

»Stimmt nicht«, sagte er, »ich weiß es aus sicherer Quelle.«

Er konnte es nicht aus sicherer Quelle wissen, es war eine blinde Behauptung. Aber ich gab es kleinlaut zu. »Ich wollte es gerade jetzt machen«, sagte ich.

»Dann geh ich mit«, sagte er.

»Nein«, sagte ich, »ich will es allein machen.«

»Ich geh zufällig denselben Weg zur Gemeinde«, sagte er.

»Ich muß vorher noch zum Libro«, sagte ich.

»Ich zufällig auch«, sagte er. »Kein Mensch kann mir verbieten, zufällig dieselben Wege zu gehen wie du.«

Und dann gingen wir gemeinsam zur Gemeinde, und ich unterschrieb. Der Beamte fragte mich, ob ich gedrängt worden sei. Er wußte genau, daß ich gedrängt worden war.

»Ich habe es nicht nötig, jemanden zu drängen«, donnerte der Bundespräsident. Es kam zu einem sehr heftigen Streit, und ohne daß ich es wollte, ich wußte nicht wie, war ich auf einmal der Sekundant des Bundespräsidenten, und ich war es, dem am Schluß mit einer Anzeige gedroht wurde.

Er behauptete, er habe eine Partei gegründet, die *Europäische Gerechtigkeitspartei*. Er besaß keine Mittel, nicht einmal einen Raum, den er als Büro angeben konnte. Ich beobachtete ihn einmal, da wickelte er von der Post aus seine Geschäfte ab. Er eilte von Telephonzelle zu Telephonzelle. Ich fragte den Mann beim Schalter, es war ein ehemaliger

Mitschüler von mir, Eugen Marxer hieß er, ob das dem Bundespräsidenten etwas bringe, wenn er von einer Telephonzelle zur anderen renne, ob man sich denn von einer Zelle zur anderen überhaupt verbinden lassen könne. »Kann ja sein, daß er so tun will, als ob er ein großes Büro zu seiner Verfügung hätte«, sagte ich.

»Er spinnt einfach«, sagte Eugen Marxer, der ehemalige Mitschüler von mir. »Wenn mehr Verkehr ist, schicken wir ihn heim.«

Ein paar Monate vor seinem Tod traf ich ihn bei der Hypo-Bank. Er fing gleich an zu politisieren. Ich unterbrach ihn. »Ich verstehe Sie nicht«, sagte ich. »Kann es denn wirklich Ihr Wunsch sein, Bundespräsident zu werden?«

»Nein«, sagte er. »Natürlich nicht. Ich bin ja nicht verrückt. Wenn ich einen Wunsch frei hätte, dann würde ich einfach nur Pensionist sein, den ganzen Tag nichts tun, nur herumreden und Sprüche führen.«

»Aber das ist doch genau das, was Sie tun!« rief ich aus.

»Wenn ich darüber hinaus nicht Bundespräsident werden wollen würde«, sagte er, »dann hättest du recht. Aber weißt du, wenn ich erst Bundespräsident bin, dann kann ich noch mehr für Österreich tun.«

Ich sah in seine Augen. Und es gab keine Zweifel.

Von alten Fotografien

Zwei meiner engsten Freunde können einander nicht leiden. Der eine, Perry, von ihm habe ich bereits erzählt, ist Schriftsteller. Der andere, Josef, ist Fotograf. Oder besser gesagt: Sie gehen einander aus dem Weg. Sie mißtrauen einander. Wenn ich bei dem einen die Sprache auf den anderen bringe, bekomme ich Schweigen zur Antwort; und beim anderen ist es genauso, wenn ich vom einen rede. Die beiden kennen sich seit ihrer Kindheit. Wir drei waren im selben Gymnasium gewesen.

Vor einigen Jahren hatte Josef eine Ausstellung in Feldkirch, und er bat mich, eine kleine Rede zur Eröffnung zu halten. Wir trafen uns in einem Café und besprachen die Sache und gingen auch die Liste der Leute durch, die eingeladen werden sollten. Er fragte mich, ob mir jemand auf seiner Liste fehle.

»Perry hast du vergessen«, sagte ich.

»Er wird nicht kommen«, antwortete er, »ich brauche ihm keine Einladung zu schicken.«

»Aber warum denn nicht«, sagte ich. »Was ist der Grund, daß ihr euch nicht leiden könnt?«

»Ich kann ihn ja leiden!« Er lachte, und es war ein gespielt bitteres Lachen. »Er, er trägt mir Sachen nach. Und ich kann nicht ändern, was war.«

»Vielleicht soll ich mit ihm reden«, schlug ich vor. Es hat mir immer ein gutes Gefühl gemacht, Schlichter, Vermittler, Heiler sein zu wollen. »Was war denn?«

»Wir haben uns beide in dieselbe Frau verliebt«, seufzte er. »Er hat Gas gegeben wie ein Henker, ich war gelassen. Aber mit mir wollte sie, mit ihm wollte sie nicht.«

»Wann war das?« fragte ich.

»Im Gymnasium«, sagte er.

Ich sah ihn an. Er war Anfang fünfzig, sein Haupthaar schütter und weiß, Bartstoppeln schütter und weiß. Wenn er saß, spannte das Hemd, so daß von Knopf zu Knopf Ovale weißer Haut zu sehen waren. »Josef«, sagte ich, »um Himmels willen, das ist dreißig Jahre her!«

»Fünfunddreißig«, korrigierte er trocken.

»Du bist verrückt!« rief ich. »Perry wird sich gar nicht mehr daran erinnern!«

»Frag ihn«, sagte er. »Ich schwöre dir, er ist immer noch wütend auf mich.«

Wenige Tage später kam Perry zu Besuch zu uns. Ich sagte, ich müsse ihm etwas Skurriles erzählen. Er lachte nicht. Fand nichts Skurriles an der Sache.

»Josef hat recht«, sagte er. »Ich bin wütend auf ihn.«

Ich sah ihn an: korpulent um die Hüften, weißer Bart, tiefe Ringe unter den Augen. Er ging auf und ab, vier Schritte hin, vier Schritte her, blieb stehen, zog die Hose bis knapp unter die Brustwarzen, ging weiter, und die Hose rutschte nach unten.

»Mensch, Perry«, sagte ich, »die Sache ist doch fünfunddreißig Jahre her!«

»Die Zeit hat uns gar nichts anzugehen«, konterte er, und auch er spielte Bitterkeit. »Es bringt nichts, über sie nachzudenken. Sie bewegt sich deswegen nicht langsamer. Wenn Beweglichkeit überhaupt eine ihrer Eigenschaften ist. Alles, was zurückliegt, geschieht jetzt. Im Augenblick. Licht von einem fernen Stern. Was mir vor fünfunddreißig Jahren sehr weh getan hat, warum sollte mir das heute nicht mehr weh tun?«

»Kennst du den da?« fragte ich und zeigte ihm ein altes Foto, das mir Josef geschenkt hatte.

»Das bist du«, sagte er, »du vor fünfunddreißig Jahren.«

Ich nickte. Ich hatte mich selber nicht erkannt, als es mir Josef gezeigt hatte, und ich erkannte mich immer noch nicht.

»Dein Appetit nimmt vielleicht ab mit der Zeit«, sagte Perry, »der Appetit der Welt niemals.«

Das Feuerwerk

Es waren ein paar Mißverständnisse vorausgegangen. Die Tochter unserer Nachbarn klingelte und fragte, ob wir wüßten, wohin ihre Eltern gegangen seien. Meine Frau sprach mit ihr, ich saß in der Küche und hörte das *Mittagsjournal.* Die Tür zum Flur stand offen. Monika rief, ob ich etwas wüßte. Ich wußte nichts. Es ging um den Sohn der Nachbarstochter, sechs Jahre alt, ob wir ihn für eine, maximal zwei Stunden bei uns aufnehmen könnten, sie müsse schnell etwas erledigen, habe gehofft, ihre Eltern, die sonst immer da seien, würden das tun.

»Das geht schon in Ordnung«, sagte Monika.

Eine Autotür schlug zu und ein Wagen fuhr ab, und dann hörte ich Monikas veränderte Stimme sagen: »Na, komm rauf, brauchst die Schuhe nicht auszuziehen, wenn du nicht willst.«

Gleich darauf betrat sie die Küche, allein, hielt ihren Finger an die Lippen, schloß die Tür hinter sich und flüsterte: »Ich konnte nicht nein sagen. Aber ich kann nicht. Du mußt auf ihn aufpassen. Ich muß nach Dornbirn fahren.«

Er hieß Paulus. Er hatte gelbblonde Haare und einen kleinen Sprachfehler, konnte das S nur wie ein Sch sagen. Er redete nur, wenn er gefragt wurde. Er stand mitten in der Küche und blickte an sich hinunter. Bluejeans und einen schwarzen Pullover mit dem Emblem der Miami University of Oxford Ohio. Er steckte die Hände in die Taschen und blies die Backen auf.

»Gehst du in die Schule?« fragte ich.

»Ja.«

»In welche Klasse.«

»Erste.«

»Und gut?«

»Mhm.«

Ich hörte es rascheln in seiner Tasche und schaute hin. Er raschelte noch einmal. Das war Absicht gewesen. Er will, daß ich ihn frage, was er in der Tasche hat. Auf seinem kleinen, ein wenig eingeknickten Gesicht erschien ein wissendes Lächeln. Er raschelte noch einmal.

»Was hast du denn in deiner Tasche?« fragte ich.

Er nahm die Hand heraus. Sie war zu klein, um die Streichholzschachtel darin ganz zu verbergen. »Zünder«, sagte er.

»Und was machst du mit denen?«

Er zuckte mit der Schulter, und wieder war dieses wissende Grinsen in seinem Gesicht. »Anzünden.«

»Du bist zu klein für Streichhölzer«, sagte ich. »Weiß deine Mutter, daß du Streichhölzer in deiner Tasche herumträgst?«

»Nein.«

»Gib sie mir.«

»Warum?«

»Weil sie gefährlich sind. Sie können von selber anbrennen.«

Er steckte die Streichhölzer ein. »Das stimmt nicht«, sagte er. Sein Schnaufen war zu hören. Die Nase lag auf seiner Oberlippe. Ich konnte mir leicht ausdenken, wie sein Gesicht als Erwachsener aussehen würde.

Ich sagte eine Zeitlang nichts mehr. Konzentrierte mich auf die Nachrichten. Er rührte sich nicht vom Fleck. Stand mitten in unserer Küche. Die Hände in den Hosentaschen, raschelte mit seinen Streichhölzern.

Einmal neigte er sich ein wenig zur Seite und blickte durchs Fenster. Hob ein Bein, neigte sich noch weiter.

»Dort wohnen deine Oma und dein Opa«, sagte ich.

»Dort will ich nicht hin«, sagte er.

»Hast du einen Wunsch?« fragte ich.

»Ja«, sagte er.

»Was denn?«

»Könnte ich bitte einen Aschenbecher haben?«

Er setzte sich auf den Boden, ich stellte einen Aschenbecher vor ihn hin. Und er zündete – eines nach dem anderen – alle Streichhölzer an.

Pia

In der Eisplatzstraße steht ein Haus, das über und über mit Wildem Wein bewachsen ist. Es gehört dem Ehepaar Brenndörfer. Die Frau hat vor einem Jahr einen Schlaganfall erlitten, sagt aber, sie habe sich erholt, es gehe alles zwar nur noch halb so schnell, das habe aber den Vorteil, daß ihr dadurch doppelt so viel Zeit bleibe. Ihn habe ich nie ein Wort reden hören. Wenn man ihm nahe kommt, stößt er Laute aus, die niemand versteht. Ein Auge fehlt ihm, er raucht dünne, krumme Zigarren, die Haut seines Gesichtes ist geschunden von winzigen Explosionen, die Krater hinterlassen haben.

Der Garten hinter und vor dem Haus wird klug und bis in die letzte Handbreit genutzt. Ich gehe gern an dem Haus vorbei, und besonders gern schaue ich zu einem der Fenster im ersten Stock hinauf. Als ich achtzehn war und die *Traumdeutung* von Sigmund Freud las, war dies das Zimmer von Pia. Das Ehepaar Brenndörfer hat sie als Kind adoptiert. Sie hatte blondes, langes Haar und eine Stimme, die Ambitionen in mir auslöste, ihre Träume zu untersuchen, denn die Stimme hatte einen verhangenen Klang, und die Worte kamen in einem verzögerten Rhythmus. Ähnlich hatte Freud beschrieben, daß seine Patienten unter Hypnose redeten, jedenfalls stellte ich mir vor, daß ein Mensch unter Hypnose ähnlich spricht.

Pia wußte, wer ihre Mutter war und wer ihr Vater. Sie sagte: »Aus mir kann nichts werden.«

Und ich, weil ich sie haben wollte und der Meinung war, sie zu kriegen, wenn ich es schaffte, ihr die Welt, das Leben, die Menschen aufzuhellen, ich sagte: »Das ist gut, wenn du das denkst.«

»Warum ist das gut?«

»Dann ist alles, was dir Schönes geschieht, wie ein Geschenk, und das wird das Beste sein an allem, was dir passiert.«

Darauf sah sie mich an, daß ich mir wie ein Idiot vorkam. »Meine Mutter«, sagte sie, »geht in Wien auf den Strich, und mein Vater war ihr Zuhälter, und er sitzt im Gefängnis.«

Ich habe es trotzdem so gemacht, wie ich es mir vorgenommen hatte. Sie gefiel mir so gut, sie gefiel mir besser als alle Maturantinnen zusammen, und sie hatte noch nie ein Buch in ihrem Leben gelesen.

Ich las ihr aus der *Traumdeutung* vor. Sie fand, das Buch sei undeutlich und ungenau geschrieben. »Er weiß genau, was er sagen will, aber er kann es nicht sagen.« Das war ihre Meinung.

Sie erzählte mir ihre Träume, und ich analysierte sie. Tat so, als ob ich das könnte.

»Du hast keine Ahnung, was meine Träume bedeuten. Lüg nicht!« sagte sie.

»Glaubst du, daß Träume nichts bedeuten?« fragte ich.

»Ich glaube schon, daß Träume etwas bedeuten«, gab sie mir Antwort, »aber ich glaube nicht, daß meine Träume etwas bedeuten.«

»Denkst du, du bist eine Ausnahme?«

»Ja«, sagte sie. »Ich kann in der Nacht nur mit Licht schlafen, und ich kann nur schlafen, wenn ich den Kopf hin- und herbewege. Außerdem habe ich Hunger in der Nacht, und am Tag habe ich keinen Hunger.«

Als ich dann nicht mehr in Hohenems wohnte, schrieb mir Pia Briefe. Ich war darüber erstaunt. Ich hatte immer gedacht, ich sei es, der ihre Nähe suchte, nicht sie suche die meine. In ihren Briefen erzählte sie mir ihre Träume, und sie erzählte sie so ausführlich, daß ich mich langweilte und kaum einen ihrer Briefe zu Ende las.

Liebesgeschichte aus einem Mund

Letzten Samstag waren Monika und ich und noch ein paar Freunde bei Günther Fülöp eingeladen. Er hat eines dieser einfachen kleinen strengen Arbeiterhäuser an der Bahnlinie gekauft, die in den vierziger Jahren gebaut worden waren. Im Garten unter einer Weißtanne steht das Stahldrahtgeflecht eines Hundezwingers. Ein heiser böse bellender Rottweiler erwartete uns.

Wir waren zu neunt. Günther kochte. Seine Frau, die so gerade Brauen hat, daß jeder, der sie kennt, darüber redet – ich weiß nicht, wie sie heißt, wir sagen Billi zu ihr –, stellte Essig und Olivenöl und Pfeffer und Wein auf den Tisch und fragte mich, ob ich eine Liebesgeschichte kenne, die etwas ganz Besonderes sei, und ich sagte, ja, so eine kenne ich.

»Die beiden wohnten lange Zeit in unserer Nähe«, sagte ich. »Vor ein paar Jahren sind sie nach Argentinien ausgewandert und werden, schätze ich, nicht wieder zurückkommen. Die Frau hatte einen Sprachfehler, einen heftigen, häßlichen. Es war viel mehr als bloß ein Lispeln. Ein zischendes Schleifen war es. Dann wieder ein Quietschen und ein Fauchen. Sie wußte, wie häßlich sie redete, und sprach nur, wenn es nötig war. Die beiden, Mann und Frau, hatten eine Form der Kommunikation mit Dritten entwickelt, über die ich nicht genug staunen konnte. Ich sagte, die Frau redete nicht viel, das heißt aber nicht, daß sie sich nicht an Gesprächen beteiligte. Ganz im Gegenteil, sie liebte es zu diskutieren, und sie hatte zu allem eine klare Meinung. Aber nicht sie formulierte diese Meinung, sondern er, ihr Mann. Sie gab lediglich das Stichwort. Wobei mit Stichwort schon viel zu viel gesagt ist. Es waren Laute nur, ein Krächzen, ein Stöhnen, vielleicht zwei Worte, im besten Fall brachte sie einen knappen Satz heraus. Und er, ihr Mann, nach dessen Händen sie griff, wenn sie sprach, führte ihre Gedanken mit seinen Sätzen zu Ende, breitete ihre Argumente aus. Dabei konnte es vorkommen, daß er ihr sofort widersprach – erst setzte er ihre These, dann parierte er mit seiner Antithese. Das klingt so, als wäre ein Gespräch mit den beiden eine anstrengende Angelegenheit gewesen. War es aber nicht. Man gewöhnte sich schnell daran. Am Anfang kam man sich wie in einer irren Komödie vor, wenn man den beiden bei einer Meinungsverschiedenheit zuhörte, weil die einander widersprechenden Argumente alle aus einem, nämlich seinem Mund kamen. Mit der Zeit aber wurde man sich gewärtig, daß man Zeuge einer nie erlebten, nie gesehenen Partnerschaft war, einer Symbiose, und eine Ahnung meldete sich, nämlich daß Liebe nicht auf geistiger Freiwilligkeit, sondern auf körperlicher Notwendigkeit beruhe.

Leute, die die beiden nicht so gut kannten, hielten ihr Stammeln für das Äußerste ihrer Möglichkeiten, meinten, die Frau könne gar nicht reden. Es hieß, sie sei von Geburt an sprachgestört. Den beiden war es recht, daß die Leute so dachten. – Ich aber kannte die Wahrheit.

Die Frau selbst hat mir die Wahrheit eröffnet – unter Umständen, die ich hier nicht näher ausführen möchte. Sie und ihr Mann, erzählte sie mir, hätten sich früher öfter gestritten, aber nur ein einziges Mal wirklich böse und grausam. Das sei in ihrem ersten Ehejahr gewesen. Sie habe damals mit einem Arbeitskollegen ein Verhältnis begonnen, und das sei irgendwann offenkundig geworden. Es habe eine entsetzliche Auseinandersetzung gegeben, ihr Mann habe geschrieen, habe Dinge zu ihr gesagt, die durch nichts zu rechtfertigen gewesen seien, sie habe mit allem nach ihm geworfen, was ihr vor die Hände gekommen sei – und dann, dann habe er ausgeholt und mit der Faust auf ihr Gesicht gezielt, und weil sie gerade den Kopf etwas schief gehalten habe, sei die Faust auf ihr

Kinn getroffen. – Sie hat sich gut die Hälfte der Zunge abgebissen.«

»Das soll eine Liebesgeschichte sein?« rief Billi aus. »Was ist denn das Liebe daran?«

»Mir kommt es so vor«, sagte ich. »Euch nicht?«

Man war verschiedener Meinung …

Menschenskind

Toni Amann habe ich seit zwanzig Jahren nicht mehr gesehen. Er ist nach North Carolina ausgewandert. Seine Schwester sagt, er sei ein Amerikaner geworden. Durch und durch. Eine Zeitlang hat er in Mexiko gelebt, hat dort seine Frau kennengelernt und hat sie nach Hause geführt – schon damals verstand er darunter North Carolina.

Als sein älterer Bruder in den Schweizer Bergen zu Tode gekommen war, war Toni zehn Jahre alt gewesen. Der Bergkamerad des Toten brachte den Eltern die Nachricht. Ich war dabei gestanden. Ich hatte Toni beim Holzstapeln geholfen, weil er vorher mir dabei geholfen hatte. Es war Abend, Sommer, die Sonne stand bereits so tief, daß wir im Schatten des Nachbarhauses arbeiteten. Wir sahen einen Opel Rekord vor dem Haus halten. Ein junger Mann stieg aus. Der Fahrer blieb im Wagen sitzen. Hände am Lenkrad. Die Beifahrertür stand offen. Wir kannten die beiden nicht. Es waren

Schweizer. Der junge Mann, ein großer, sehr dünner, in einem Sonntagshemd, beugte sich nieder, öffnete die Gartentür aus schwarzem Gußeisen, legte sie sorgfältig ins Schloß.

»Es ist niemand da!« rief Toni von der Garage herauf. Aber gerade in dem Augenblick, als er das rief, kamen seine Mutter und sein Vater auf ihren Fahrrädern dahergefahren, sie waren nämlich draußen auf ihrem Feld gewesen, wo Kohlrabi wuchsen und Kartoffeln und Karotten und Bohnen und Erbsen, und wohin Toni und ich manchmal mit unseren Trittrollern fuhren, um zu futtern.

Der junge Mann sagte, was es zu sagen gab: »Der Kurt ist tot.«

Ich erinnere mich an das Geheul der Mutter, und ich sehe vor mir, wie Tonis Vater mit tief eingeknickten Knien herumrannte, ins Haus hinein und wieder aus dem Haus heraus, nach hinten in den Garten und wieder nach vorne und immer wieder hinein ins Haus, wo seine Frau in langen Tönen den Himmel verfluchte.

Toni war vergessen. Er stand neben mir auf der Straße, beide hatten wir noch das letzte Holzscheit in der Hand. Niemand rief nach ihm, und wenn sein Vater an ihm vorbeihuschte, sah er ihn nicht an. Als wäre mit dem Tod des einen Sohnes auch der andere verschwunden. Toni hatte ein zartes, immer feuchtes, rosiges Mündchen, seine Lippen waren immer ein wenig geöffnet, flink leckte sein Zünglein darüber. In der Schule wurde er nie fertig. Und wenn er den Limonadekrug an den Mund hob, war es ein langer Weg. Er war ein langsamer Bub. Ich mochte das. Seine Langsamkeit war seine Zuverlässigkeit. Wer lügt, muß schnell sein. Der Langsame aber kommt der Wahrheit nicht aus.

Ich schaute ihn unverhohlen an. Als er meinem Blick begegnete, schloß er den Mund. Noch nie war jemand gestorben, den ich kannte, und ich kannte niemanden, der einen Bruder verloren hatte. Er hob die Hand, drückte das Holzscheit an seine Brust, legte das Kinn darauf, hielt das Scheit nun mit beiden Händen.

Dann sagte er: »Menschenskind.«

Und ich sagte das auch.

Der Ameisenesser

Ich roch das Feuer. Dann hörte ich den Mann singen. Ich zog mich an einem freigewehten Wurzelstock über den Felstritt, der mich von ihm trennte, und nun sah ich ihn. Er saß auf meinem Platz. Ich war auf dem Weg zur *Hohen Kugel*, das ist unser Hausberg, ein sanfter Hügel über einem schroffen Schieferstock, 1600 Meter hoch. Ich hatte meine Abkürzung genommen, auf der ich noch nie einem Menschen begegnet war. Es war mir nicht angenehm, daß es einen anderen gab, der diesen Weg kannte.

Der Mann saß an meinem Lieblingsplatz, das ist eine Mulde, die mit Moos und Farn ausgelegt ist wie ein Feenbett (falls Feen Betten haben). Ich sah auf seinen Rücken nieder. Er hätte mich hören müssen, ich war auf dürre Äste getreten und ein Stück über den steinigen Hang gerutscht, das hatte Lärm genug gemacht. Aber entweder war er so tief in seine Gedanken versponnen, oder er war taub wie der Stein, auf dem er hockte – der mein Stein war, auf dem ich sonst immer hockte, den ich an diese Stelle gerollt hatte. Er trug einen schweren grauen Mantel, was schon ungewöhnlich genug war, mitten im August. Mir, obwohl es hier oben im Schatten der Fichten kühler war als unten im Tal, war es im T-Shirt immer noch warm genug. Sein Haar war ungekämmt, lang, grau und schütter, und es wühlte sich über den Mantelkragen und hing an der Seite in dünnen Strähnen auf die Schulter.

Vom Feuer waren nur glühende Holzscheite übrig, die hatte er eng zusammengeschoben und mit Steinen umringt. Auf den Steinen stand eine schwarze Eisenpfanne. Es roch nach gebrannten Mandeln und ein wenig nach geräuchertem Speck. Der Mann hatte eine kräftige Stimme. Auch wenn er mehr summte als sang, war das zu hören. Er summte einen alten Beatles-Song, gab dem Rhythmus durch Ausstoßen von Luft Marschtempo.

Ich wollte ihn nicht erschrecken. Ich tat so, als ob ich irgendeine Mühe hätte, stöhnte und fluchte und lachte. Er reagierte nicht. Nichts an seiner Körperhaltung verriet, daß er mich bemerkt hatte.

»Entschuldigung«, rief ich, »können Sie mir sagen, wie der Weg zur Kugel weitergeht? Ich habe die Markierungen verloren.«

Er blieb, wie er war, tat, was er tat. Da hockte ich mich ein paar Meter über ihm in den Farn und schaute ihm zu.

Er stand auf, ging zu dem Ameisenhaufen, der ein paar Meter neben der Feuerstelle war, hellbraun aus dürren Fichtennadeln, halbmannshoch. Wir nennen die Tiere Klammern, man kann einen frischen Rinderknochen auf ihren Haufen legen, nach vierzehn Tagen ist nur Bein übrig, weiß wie Feenhaut (falls …). Der Mann krempelte einen Ärmel auf, drückte seinen nackten Unterarm auf den Haufen, ließ ihn dort eine kleine Weile, bis er mit Ameisen bedeckt war, dann eilte er zurück und streifte die Tiere mit der Hand auf die Eisenpfanne. Ein wenig Rauch stieg auf, er rüttelte die Pfanne, leerte den Inhalt in seine hohle Hand und warf sich die gerösteten Ameisen in den Mund. Dann summte er weiter *yellow submarine*, ging wieder hinüber zum Haufen und legte den rechten Arm auf den in Aufregung flimmernden Bau.

Eine Zeitlang sah ich ihm zu. Er schien mich tatsächlich nicht zu bemerken. Obwohl er mir des öfteren das Gesicht zuwandte. Er sah nichts und hörte nichts oder wollte nichts sehen und wollte nichts hören. Ich holte meinen Proviant aus dem Rucksack, Semmel und Landjäger, aß, trank aus einer Dose eine schal schmeckende isotonische Flüssigkeit und machte mich schließlich weiter auf den Weg hinauf zur *Hohen Kugel*.

Der Talisman

Eine Zeitlang war ich ganz gierig darauf gewesen, Dinge im Wald zu finden. Ich habe meine Waldspaziergänge mit gesenktem Kopf hinter mich gebracht, und wenn ich nichts fand, was mich zufriedenstellte, hatte ich das Gefühl, versagt zu haben. Was für Dinge aber waren es, die mir als die richtigen erschienen, die mich beglückten? Handliche Gegenstände, deren Funktion ich zwar erraten oder erschließen, über die ich aber nichts mit Sicherheit aussagen konnte. Je sinnvoller mir so ein Ding vorkam, je weniger ich diesen Sinn aber erkannte, desto wertvoller war es mir. Ich stellte diese kleinen Fundstücke auf meinen Schreibtisch und erfreute mich an ihrer stummen Zeugenschaft. Sie waren meine Idole. Einige besitze ich heute noch, die meisten gingen bei verschiedenen Umzügen verloren.

Einen dieser Gegenstände mochte ich besonders gern; ich fand ihn auf meinem Weg zur *Hohen*

Kugel, unserem Hausberg, es war vor über zwanzig Jahren. Ich besaß ihn bis vor wenigen Monaten, und in all dieser Zeit blieb er mir ein Rätsel. Er war etwas kleiner und auch etwas flacher als eine Streichholzschachtel und bestand aus einem wie zu einer kleinen Mappe gebogenen Stahlplättchen, in dessen Kante – nämlich dort, wo bei einer Mappe der Griff wäre – drei winzige Schrauben eingelassen waren. Die gegenüberliegende Seite war offen, dort verfingen sich Wollfusseln und Tabakkrümel. Dazwischen klemmte eine zarte Feder. Über die Schrauben konnte man die Feder spannen oder entlasten. Als ich das Ding fand – es lag mitten auf dem nadelweichen Waldweg –, war es nur wenig verschmutzt. Ich wischte es an meiner Hose ab und steckte es ein. Von da an trug ich es mit mir herum, und meine Finger hatten immer etwas zu spielen.

Dann verlor ich das Ding. Erst dachte ich, es mache mir nichts aus, ein Ding, das ich gefunden hatte, ein nutzloses Ding, jetzt war es wieder verschwunden, zurückgekehrt in das Nichts, aus dem ich es vor Jahren gefischt hatte, aus, fertig. Es fehlte meiner Hand. Ich ertappte mich dabei, wie ich mit den Fingern den Daumen umschloß. Schließlich suchte ich. Ich suchte im Haus, wühlte in den Kleidern, in den Schränken, den Schubladen, auf Regalen, legte mich auf den Boden, um unter das Sofa zu schauen. Alles umsonst. Nach einiger Zeit vergaß ich das Ding.

Und dann sah ich es wieder. Jedenfalls war ich überzeugt, daß es sich um meinen Talisman handelte. Ich saß in der Ambulanz des Hohenemser Krankenhauses – ein Freund von mir arbeitet dort als Arzt, er wollte ein Belastungs-EKG bei mir machen –, da sah ich einen Türken, der lehnte beim Schalter der Anmeldung, und er, er hatte meinen Talisman in der Hand, drehte ihn zwischen seinen Fingern, wie ich ihn zwischen den meinen gedreht hatte, hielt ihn auf der flachen Hand und warf ihn wenige Zentimeter in die Höhe – genauso hatte ich es immer gemacht …

Es tat mir leid, daß nicht mehr ich der Besitzer dieses lieben Dinges war. Aber ich war doch froh, daß es wenigstens einen Besitzer hatte.

Reinhold Jack Juen

Noch einen Auswanderer gibt es in unserer Straße: Reinhold Juen, genannt Jack. Er kaufte sich in Zürich einen Seesack, füllte sein Zeug hinein, fuhr per Autostop nach Hamburg und heuerte auf einem Schiff an. Da war er gerade zweiundzwanzig. Aus Australien bekamen seine Eltern einen Brief. »Ich glaube, ich bleibe hier«, stand darin. Was aus ihm geworden ist, weiß ich nicht.

Manchmal treffe ich seine Mutter beim ADEG, ich frage sie: »Wie geht's dem Reinhold?«

»Ach, der«, winkt sie ab, und das klingt so, als ob er zu Hause aufs Mittagessen wartete.

Jack war ein verschlagener, fetthaariger Bursche, dessen Gesicht ganz aus Schadenfreude gemacht schien. Man hat ihn immer nur auf der Seite der Starken gefunden. Er hat nie etwas angestellt, hat nie einen anderen Buben zusammengehauen, hat nie etwas in der Gemischtwarenhandlung in der Eisplatzstraße geklaut und hat vor keinem seine

Hose heruntergelassen. War aber immer dabeigewesen. Ein Grinser, den man feister in Erinnerung behielt, als er war. Ich könnte mich noch heute über ihn aufregen. Und es macht mich zufrieden, wenn ich sehe, wie sich sogar seine Mutter über ihn aufregt. Seit dreißig Jahren hat ihn seine Mutter nicht mehr gesehen, aber schon nach fünf Minuten Gespräch über ihn geht er ihr auf die Nerven. Das macht mich zufrieden.

Und alle in unserer Siedlung haben im stillen dem ältesten Sohn der Frau Vallaster gedankt, als er damals Reinhold Jack Juen in dessen eigenem Bubenzimmer niedergemacht hat. – Von Frau Vallasters ältestem Sohn wollte ich ja schon erzählen, ich wollte erzählen, was aus ihm geworden ist, nachdem er seine drei Gefängnisstrafen, zusammen über elf Jahre, hinter sich gebracht hatte. Aber diese Geschichte erzähle ich ein anderes Mal. – Es war an einem Karfreitag, wir waren alle so um die vierzehn Jahre alt, da klingelte der älteste Vallaster bei Juens. Reinholds Mutter öffnete.

Der Vallaster sagte: »Grüß Gott, Frau Juen, ich möchte Ihnen und Ihrem Mann auch im Namen meiner Mutter ein schönes Osterfest wünschen.«

»Aber Ostern ist doch erst übermorgen«, sagte Frau Juen.

»Übermorgen kann ich leider nicht kommen«, sagte er.

»Das macht nichts«, sagte Frau Juen. »Du bist

ein freundlicher Bub, das wollte ich dir immer schon einmal sagen.«

»Es geht«, sagte er.

»Nein, nein«, sagte Frau Juen, »sei nur nicht so bescheiden. Aus dir wird etwas. Ich weiß das. Ich habe für so etwas ein Gespür. Mir wär sehr recht, wenn der Reinhold etwas von dir hätte. Ihr seid die Ärmsten in der ganzen Siedlung, dafür könnt ihr nichts. Aber ich sage immer: Sie sind arm, und ihre Mutter hat schwer zu tragen, aber sie haben dich.«

»Danke, Frau Juen«, sagte der älteste Vallaster.

»Kann ich etwas für dich tun?«

»Ich wollte nur fragen, ob der Reinhold da ist.«

»Der ist oben in seinem Zimmer«, sagte Frau Juen. »Ich weiß, daß du kein eigenes Zimmer hast, weil es bei euch so eng ist, und ich habe mir schon oft gedacht, vielleicht wäre es besser für den Reinhold, wenn er auch noch ein paar Geschwister hätte, einen Bruder zum Beispiel, der so ist wie du und mit dem er ein Zimmer teilen müßte. Das tut einem nämlich gut, wenn man auf wenigen Quadratmetern aufeinander Rücksicht nehmen muß.«

»Das geht schon«, sagte der Vallaster.

Dann zog er seine Füße über den Schuhabstreifer, ging an Frau Juen vorbei die Treppe hinauf und klopfte an Reinholds Tür. Frau Juen war in der Küche beschäftigt, sie sagte hinterher, sie habe nichts gehört, die Stimmen der Buben, aber sonst nichts, und was hätte sie sich denn denken sollen, als sie die Stimmen der Buben hörte.

Der älteste Vallaster betrat Reinholds Zimmer und fragte ihn ruhig: »Ist es wahr, daß du zu meiner Mutter gesagt hast, sie ist eine Hur?«

»Wieso?« fragte Reinhold. Er behauptete später großspurig, er habe Todesangst gehabt.

»Hast du?«

»Nein, habe ich nicht.«

»Meine Mutter lügt nicht«, sagte der Vallaster, und dann hat er den Reinhold niedergemacht. Er hat ihn so verprügelt, daß er am Boden vor seinem Bett liegen blieb. Dann verließ der Vallaster das Zimmer und ging über die Stiege hinunter.

Unten rief er: »Auf Wiedersehen, Frau Juen!« und machte sich auf den Weg nach Hause.

Wie empört sie über den Ältesten von den Vallasters sei, erzählte Frau Juen überall herum, und wie enttäuscht sie von ihm sei. Aber keiner hat ihr das ganz abgenommen.

Tante Dodo

Was in diesem Augenblick möglich ist, scheint im nächsten verloren. Ich hatte eine Tante Dodo, die war nicht meine Tante, sondern meine Wahltante. Meine Mutter sagte: »Sie ist deine Wahltante«, und ich fragte: »Was heißt das?«, und sie sagte: »Du hast sie dir zu deiner Tante gewählt.«

Das habe ich ganz bestimmt nicht.

Man hat sie nie lachen sehen, und diese Tatsache machte sie meiner Mutter seriös. Einmal im Monat besuchte sie uns. Sie trug immer einen grauen Staubmantel und darunter ein graues Kostüm und hatte fleischfarbene Wollstrümpfe über den Waden und flache Flossenschuhe an den Füßen. Die Schuhe zog sie, noch ehe sie mich grüßte, aus. Dabei blickte sie mich an, als ob ich gesagt hätte, sie brauche sich die Schuhe nicht auszuziehen, was ich nicht ein einziges Mal gesagt hatte, und ihr Mund und ihre Augen bildeten eine strenge Gesichtsklammer, die als meine Gewissensklammer gedacht war, daran hatte ich keinen Zweifel, und auf meinen nicht ausgesprochenen Satz antwortete sie, ebenfalls, ohne es auszusprechen: So, du willst also, daß ich meine Schuhe anlasse, und kommst dir dabei sehr großzügig und gastfreundlich vor. Aber wer, denkst du, wischt hinterher den Boden? Du? Nein, du sicher nicht. Du hast nur ein großes Mundwerk.

Sie überredete meine Mutter, mich ein Jahr später in die Schule zu schicken. Ich bin im Oktober geboren, und die Schulbehörde überließ es meinen Eltern, ob sie mich für reif genug hielten, oder ob sie doch lieber noch ein Jahr warten wollten. Mein Vater war unbedingt dafür, mich gleich in die Schule zu schicken. »Er gewinnt ein Jahr für das ganze Leben«, sagte er. Meine Mutter besprach die Angelegenheit mit Tante Dodo. Alle meine Angelegenheiten besprach sie mit Tante Dodo. Tante Dodo war es nämlich gelungen, meiner Mutter schon sehr früh einzureden, ich sei ein Problemkind, das größter Fürsorge bedürfe. Damit meinte sie, meine Eltern seien nicht in der Lage, diese Fürsorge zu leisten, und empfahl sich selbst als Beistand. Und Tante Dodo war dagegen. Also kam ich erst ein Jahr später in die Schule.

Nach der vierten Klasse Volksschule sollte ich aufs Gymnasium. Tante Dodo sagte: »Er ist noch nicht reif dafür. Schickt ihn erst ein Jahr in die Hauptschule!« So hat sie mir noch ein zweites Jahr meines Lebens genommen.

Viel später – ich war selber bereits Vater – sah ich sie wieder. Ich fuhr mit dem Zug, sie stieg ein und setzte sich mir gegenüber. Sie starrte mir in die Augen. Trug immer noch einen grauen Staubmantel und ein graues Kostüm und fleischfarbene Wollstrümpfe und flache Schuhe. Ich bemerkte keine Veränderung an ihr.

»Du bist der Michael«, sagte sie.

»Ja«, sagte ich.

Vier Stationen saßen wir uns gegenüber. Sie starrte mich blank und ohne jeden Filter an. Ihre Augen sprachen so deutlich zu mir, wie sie vor Jahren zu mir gesprochen hatten: Das ist also aus dir geworden, sagten ihre Augen. Schlimmer als ich befürchtet hatte. Du hast mir nie etwas vormachen können. Ich kenne die Menschen, und ich weiß, sie ändern sich nicht. Du bist, wie du als Fünfjähriger schon warst, nämlich schlecht.

Und ich dachte: Hast du je mit einem Mann geschlafen? Hast du je einen Mann an seinen Hintern gefaßt und ihn auf dich gepreßt?

Sie nickte, stand auf und stieg aus dem Zug. Ihr Nicken war freilich keine Antwort auf meine Fragen. Ich war deprimiert, wie ich es immer gewesen war, wenn Tante Dodo zu uns kam. Alles, was vorher möglich schien, war nun verloren.

Und was heißt das jetzt?

Wir standen an der Ampel, wollten die Zweier-Linie überqueren und im Café Eiles eine Kleinigkeit essen. Mein Sohn trug seinen langen Mantel, dessen Farbe ausgewaschen war und an den Schultern ins Violette spielte und einen mächtigen Kragen hatte mit mächtigen Revers, die in je zwei Dreiecken über der Brust klafften. Das ganze Stück war aus schwerem Stoff gemacht, wir hatten einen langen Spaziergang hinter uns, und das Gewicht zerrte an seinen Schultern. Der Tag war zu warm für so einen Mantel. Aber er wußte, wie gut er ihm stand, wie gut zu seinen schulterlangen Haaren, seiner zarten, hohen Gestalt, und ich mochte diese kleine Eitelkeit, denn sie sagte mir, daß er sich selbst etwas wert war.

Neben ihm kam eine junge Frau zu stehen, etwa in seinem Alter, siebzehn oder achtzehn. Sie hatte eine Hand an ihre Wange gepreßt, und erst beim zweiten Blick bemerkte ich, daß sie ein winziges Handy unter ihrer Handfläche hielt.

Wir hörten sie sagen: »Und was heißt das jetzt?«

Mein Sohn sah zu mir herüber, wich meinem Blick aber aus. Mit wenigen Griffen knöpfte er seinen Mantel auf. Darunter trug er nur ein T-Shirt. Er steckte die Hände in die Taschen und hielt die Mantelschöße weit auseinander. Er wollte sich lediglich etwas Kühlung zuführen, aber es war eine große Geste daraus geworden, eine Beschützergeste, eine Kommt-alle-zu-mir-Geste, und er merkte es und zog schnell den Mantel eng um seine Brust.

Die junge Frau wiederholte: »Und was heißt das jetzt?«

An ihrer Schulter hing eine schwarze Lacktasche, groß und schmal wie eine Schreibunterlage. Ich sah ihr Gesicht im Profil, ein spitzes Gesicht, die Haut um die Augen trocken und ein wenig rauh. Sie horchte in ihre hohle Hand hinein. Mit der anderen Hand hielt sie die Träger ihrer Tasche. Den Daumennagel rieb sie am Lack.

Und dann sagte sie es zum dritten Mal: »Und was heißt das jetzt?«

Die Antwort muß kurz gewesen sein. Oder es war gar keine Antwort. Oder sie wollte die Antwort nicht abwarten. Sie klappte das Handy zu, ließ es in derselben Bewegung in ihre Tasche gleiten.

Dann sprang die Ampel auf Grün, wir überquerten die Straße und betraten das Kaffeehaus.

»Es ist das Allerschlimmste, wenn am Telephon mit einem Schluß gemacht wird«, sagte mein Sohn.

»Das denke ich auch«, sagte ich.

»Sie weiß jetzt nicht, was sie tun soll.«

»Sie geht einfach.«

»Sie geht einfach«, sprach er mir nach.

Nach einer Weile sagte er: »Sie hat angerufen. Oder denkst du, sie ist angerufen worden?«

»Sie hat angerufen«, gab ich ihm recht.

»Sie hätte von zu Hause aus anrufen sollen«, sagte er. Aber dann korrigierte er sich: »Nein, es ist besser, daß sie von der Straße aus angerufen hat. Sie wäre nicht zu Hause geblieben. Sie wäre hinausgegangen.«

Ich nickte.

Während sie dreimal hintereinander dieselbe Frage in ihre Hand hineingesprochen hatte, war ihr Daumennagel ruhig über den Träger ihrer Tasche geglitten, und als sie nicht mehr telephonierte, hatte sich der Daumen weiterbewegt, im gleichen ruhigen Rhythmus. Der Schmerz brauchte Zeit, um sich im ganzen Körper auszubreiten.

Der Jäger und die Frau im Paradies

Er war erheblich älter als sie. Unter seinem Jackett trug er einen beigen grobgestrickten Rollkragenpullover, der die Hälfte seines Kinns verbarg. Sein Haar war wirr, grau, strähnig, zugleich so dünn, daß die Kopfhaut durchschimmerte. Die Augen zuckten hin und her, Routine und Ungeduld. Bis an die Tischkante hatte er sich herangearbeitet. Ich dachte, er rechnet trotzdem mit einer Niederlage.

Die junge Frau saß ihm gegenüber, und sie saß sehr aufrecht auf ihrem Sessel. Sie zwang sich zu dieser Haltung. Die keine Haltung war, sondern etwas Unfertiges. Die Unterarme lagen parallel auf der marmornen Tischplatte. Ohne den Kopf zu senken, preßte sie das Kinn nach unten. So gewann ihr Gesicht einen kleinen Abstand dazu. Auch sie rechnete mit Beute. Aber die Beute war ihr nicht wichtig genug, um dafür mit diesem Mann ins Bett zu gehen. Sie zog eine Schnute und ließ sie in ihrem Gesicht stehen. Mußte sie aber immer wieder auffrischen.

Ich lauschte, kehrte den beiden meine Schläfe zu, damit ich besser hören konnte. Tat, als kratzte ich mich hinter dem Ohr, vergrößerte dabei meine Ohrmuschel mit der hohlen Hand.

Der Mann sprach, die Frau hörte zu. Sie sagte: »Ja.« Nach jedem Satz von ihm: »Ja.« Ihn verstand ich nicht. Er machte ihr etwas klar. Seine Hände kneteten unsichtbare, handballgroße Pakete, die legte er vor ihr hin auf den Tisch. Zwischen ihre Unterarme. Eines plazierte er neben das andere. Und obwohl da nur Luft war, achteten seine Hände darauf, daß ein Argument nicht auf dem anderen zu liegen kam. Er glaubte an das Brachiale seiner Gier, an sonst nichts mehr. Nicht einmal mehr an die Gier selbst glaubte er. Wenn er sprach, wippte sein Nacken vor und zurück. In der Vorwärtsbewegung öffnete sich der Mund, in der Rückwärtsbewegung schnappte er zu.

Dann schrillte ein Handy. Die Frau griff in ihre Tasche, mit beiden Händen hielt sie sich das Gerät ans Ohr, ein Unterarm verdeckte die Hälfte ihres Gesichts. Sie war erlöst worden. Das Paradies hatte einen Namen, und der Name war: *Überall, nur nicht hier.* Sie redete mit einer Freundin über nichts. Sie war glücklich. Die Worte, die sie sagte, und die Worte, die sie hörte, brauchten sie nicht zu interessieren, und ihr Gesicht war voller Erinnerungen.

Und er? Er war: währenddessen. Wenn ich in der Haut des Jägers gesteckt wäre, ich hätte an meine

Wohnung gedacht, daß ich sie aufräumen müßte. Hätte gedacht, wie schön es doch wäre, wenn ich, wie der Reiter bei Kafka, das Unfertige meines Weges selber fertig machen könnte. Er aber saß da, den Nacken erstarrt im Vorwärts, und prüfte mit der Zunge seine Zähne. Verzog dabei sein Gesicht. Fuhr in die Zwischenräume. Es zischte vom Luftdurchblasen und Saugen. Am Ende rieb er mit der Zunge bei geschlossenem Mund erst über die oberen, dann über die unteren Schneidezähne. Da sah er aus wie ein Äffchen, das Nüsse zerbeißt.

Nacht im Hotel

Ich lag in der Wanne und blickte über den Rand. Der Raum war fensterlos und gleißend hell. Den Spiegel über dem Waschbecken umrahmten Neonröhren, die Decke bestand aus einer einzigen Milchglasscheibe, unter der ebenfalls Neonröhren brannten. An den Wänden hingen weiße Badetücher, in einer Halterung steckte ein Föhn, dessen Stromkabel so kurz war, daß sich ein großer Mann hätte niederbeugen müssen, um sich die Haare zu trocknen. Der Luftabzug rauschte leise. Ich hatte mir das Wasser bis an die Brust steigen lassen.

Auf dem Boden unter dem Waschbecken sah ich ein kleines weißes Ding. Es hatte die Form einer sechsblättrigen Blüte, war nicht größer als das stumpfe Ende eines Bleistifts. Als ich meine Gedanken darauf richtete, wurde mir bewußt, daß ich es schon die längste Zeit angeschaut hatte. Der Boden war dunkelgrau gekachelt, das Ding hob sich scharf darauf ab. Es erinnerte mich an das Emblem der

Firma *Mont Blanc*, und ich dachte, vielleicht ist einem Gast, der vor mir in diesem Zimmer übernachtet hat, der Füllhalter zu Boden gefallen und der harte Aufprall hat das weiße Zeichen, das in die Spitze der Abdeckung eingelassen ist, herausgeschlagen, und der Besitzer hat es nicht gemerkt, und seither liegt es hier. Dagegen sprach, daß die Badezimmer dieses Hotels doch sicher nach jedem Gast gründlich gereinigt wurden. Vielleicht war es gar kein loses Ding, sondern Teil der Kachel, ein Fehler beim Brennen, eine Aufwerfung, an der sich die dunkelgraue Farbe abgerieben hatte.

Das Badewasser war ein wenig wärmer als mein Blut, gerade um so viel wärmer, daß ich mich meines Körpers versichern konnte. Und dann dachte ich, ich könnte sterben. Wenn ich jetzt sterbe, dachte ich, an einem Infarkt oder einem Hirnschlag – ich hatte manchmal Schübe von Bluthochdruck gehabt, durchaus beängstigende Werte, obendrein seit mindestens fünfzehn Jahren einen zu hohen Cholesterinspiegel, Risikofaktor zwei, inzwischen nahm ich *Sortis* dagegen, geraucht hatte ich dreißig Jahre lang, außerdem war mein Vater an einem Infarkt gestorben – wenn ich jetzt sterbe, dachte ich, wird das Letzte, dem mein Interesse galt, dieser winzige weiße blütenförmige Gegenstand sein, und weil ich in dieser Nacht an ein Jenseits nicht glaubte, würde dieses Ding zum Symbol für das Leben selbst werden. Ich glaubte in dieser Nacht auch nicht an ein irgendwo hinter unserem metaphysischen Rücken sich ausbreitendes platonisches Ideenreservoir. Ich war der Meinung, daß alle Dinge hier und jetzt und vor uns liegen und daß die Oberfläche identisch ist mit dem Wesen. So gesehen wäre dieses kleine, aus einem Meter Entfernung betrachtet durchaus rätselhafte Ding nicht ein Symbol für das Leben, sondern das Leben selbst.

Dann schlief ich ein. Wachte auf, weil ich unter die Wasseroberfläche gerutscht und Wasser in meine Nase gedrungen war, was bis in den Hinterkopf hinein brannte. Ich stieg aus der Wanne, wickelte mich in eines der Badetücher und vergaß, mich nach dem kleinen weißen blütenförmigen Ding unter dem Waschbecken zu bücken.

Von Kindern, Baggern und Schmerzen

»Wer ein Kind mit Verständnis schreien hört, der wird wissen, daß andere seelische Kräfte, furchtbare, darin schlummern, als man gewöhnlich annimmt.« – Diesen Satz las ich bei Ludwig Wittgenstein.

Unsere Nachbarin hat ein Baby, neun Wochen alt. Es schreit. Sein Schreien macht mir keine Sorgen. Ich höre es gern schreien. Seine Stimme beschreibt einen kleinen Bogen, fliegt aus dem Mund heraus, umkreist den Kosmos der Sinnesorgane, kehrt ins Ohr zurück. Hat keinen Adressaten. Ist nicht ein Reden ohne Worte. Ist wie Atmen. Sie zerteilt und ordnet die noch frische Zeit. Schafft einen ersten Rhythmus. Was ist das Furchtbare daran? Wer, denkt Wittgenstein, soll sich davor fürchten? Unten im Hof steht ein Bagger. Heute wird nicht gearbeitet. Auf dem Schaufelarm des Baggers – ich kann es von hier oben aus lesen – steht TAKEUCHI. Der Name der Firma auf orangem

Grund. Das Kind ist still geworden. Ich besitze, was man Welt nennt. Die Mutter des Kindes besitzt, was man Welt nennt. Ich höre sie mit jemandem sprechen. Der Tonfall ihrer Stimme sagt: Ich spreche mit einem erwachsenen Menschen. Ihr Kind hat keine Welt. Der Kreis, den die Stimme des Babys umschließt, ist zu klein, um als Welt gelten zu können. Hier ist jemand, und der ist, was er ist, und er ist in keiner Welt. Gäbe es einen Erwachsenen, auf den dies zuträfe, wir müßten uns vor ihm fürchten wie vor einem Amokläufer. Als Bub hätte ich mir gut vorstellen können, ein Gerät zu sein. Dieser Bagger zum Beispiel. Wäre ich in der Lage gewesen, mir über meine Wünsche Rechenschaft abzulegen, ich hätte gesagt: Ich möchte brauchbar sein. Und hätte mich einer gefragt: Brauchbar wofür? – dann wäre mir nur eine Antwort selbstverständlich gewesen, nämlich: für mich selbst. Ich war ich, und ich war ohne Gnade. Ich hätte sagen können: Ich möchte ein TAKEUCHI sein. Nicht mehr hätte ich verlangt als einen Namen.

So saß ich auf der Terrasse und stellte mir vor, ganz allein zu sein. Stellte mir vor, einer zu sein, der noch nichts in seinem Leben vergessen hat. Der noch alles beieinander hat. Dem alles gehört. Der den Unterschied zwischen Dingen und Menschen nicht kennt. Der frei wählen kann, was er sein möchte. In einem Augenblick dies, im nächsten Augenblick jenes. Einmal Bagger, einmal

Mensch. Und ich wüßte nicht, daß verschiedene Namen verschiedene Dinge meinen. Weil ich alles bin. Der Wind macht keine Geräusche, er verursacht sie lediglich. Die Amseln machen Geräusche. Ich höre Händeklatschen. Klatscht die Mutter in ihre Hände? Klatscht sie auf ihren Bauch? Klatscht sie auf den Bauch des Menschen, mit dem sie vorhin gesprochen hat? In einem Märchen der Brüder Grimm – ich glaube, es ist das »Mädchen ohne Hände« –, nennt eine Mutter ihren Sohn Fürchtegott. So ein Gott wäre ich: vor dem man sich fürchten muß.

Und dann wollte ich es doch genau wissen. Ich ging hinein, nahm die Brüder Grimm aus dem Regal. »Schmerzensreich« hat die Mutter im Märchen ihren Sohn genannt. Wessen Schmerzen gemeint waren, habe ich vergessen, und wer sie verursacht hat, habe ich auch vergessen.

Die Katze

Im Speisewagen setzte sich der Schriftsteller Norbert Gstrein zu mir. Da sind wir uns jahrelang nie begegnet, und im letzten Monat trafen wir uns immer wieder, so oft trafen wir uns, daß ich gar nicht auf die Idee kam, mir seine Telephonnummer geben zu lassen, und nun fürchtete ich, ihn wieder aus den Augen zu verlieren. Er erzählte mir, in einem seiner Bücher habe er eine Szene beschrieben, in der Tiere gequält werden, und daraufhin habe er einige niederträchtige Anrufe erhalten von Leuten, die der Meinung waren, solche Sachen könne nur einer schreiben, der selber Tiere quäle. Da fiel mir eine Geschichte ein, die wollte ich ihm erzählen, aber dann vergaß ich es und habe sie ihm nicht erzählt. – Das ist die Geschichte:

Vor einem Vierteljahrhundert habe ich eine Studentin gekannt, die mochte, was ich mochte, nämlich nach der Liebe Geschichten aus dem eigenen Leben erzählen.

»Ich habe, als ich sieben war, folgendes gemacht«, erzählte sie mit einem dicken Kopfkissen im Nacken. »Willst du es wissen? Wir hatten eine Katze, die war immer da gewesen, meine Mutter sagte, sie sei länger da als ich. Ein grauer Tiger war sie, die einen anschauen konnte, als sei man aus Glas. Einmal habe ich sie gefragt: Denkst du etwas? Denkst du etwas, wenn du mich anschaust? Niemand schaut so wie du, sagte ich zu ihr. Jedesmal, wenn du mich anschaust, komme ich mir anders vor. Und das stimmte auch, sie schaute mich an, als wäre ich etwas Neues, was in die Wohnung gestellt worden ist, aber etwas, was für sie keine Bedeutung hat, wie wenn man in eine Wohnung kommt, wo Leute wohnen, die einen nichts angehen, bei denen man lediglich etwas abholen muß, und dann sieht man, daß sie eine neue Tischdecke aufgelegt haben, was einen ja auch nicht interessiert. So sah mich unsere Katze an. Meine Mutter arbeitete als Arzthelferin, und mein Vater war nur selten zu Hause, er war Vertreter, und an diesem Tag war ich allein, denn meine Großmutter war beim Augenarzt, und ich war erkältet und durfte nicht in die Schule. Zum ersten Mal in meinem Leben war ich allein mit unserer Katze, und sie saß einfach nur da, neben dem Heizkörper und starrte mich an. Manchmal zwinkerte sie, aber es war wie in Zeitlupe, so daß ich nicht wußte, ob sie die Augen jetzt zuläßt und einschläft. Ich bin auf jeden Fall stärker als du, sagte ich. Und ich bin auch mehr wert als du, sagte ich. He, du, sagte ich, und sie rührte sich nicht.

Und dann tat ich folgendes: Ich holte den großen Kochtopf aus der Küche, in dem meine Mutter das Gulasch kochte, wenn viele Leute auf Besuch waren. Weißt du, daß das hier ein Topf ist, fragte ich die Katze. Ich hob sie hoch und setzte sie in den Topf. Sie blieb im Topf sitzen, die Pfoten eng beieinander, und schaute mich an. Da gab ich schnell den Deckel auf den Topf und setzte mich darauf. Ich wollte gleich damit aufhören, ich wollte nur, daß die Katze endlich irgend etwas anderes tat, als nur durch mich hindurchzuschauen.

Sie tobte und schrie. Sie schrie. Sie miaute nicht, sie schrie. Und das hatte ich noch nie gehört, und wollte es noch eine kleine Weile weiterhören. Sie stieß mit ihrem Kopf gegen den Deckel, kratzte mit ihren Krallen das Topfinnere ab, im Kreis, immer im Kreis an der Topfwand entlang, und das hatte ich auch noch nie gehört, und wollte es noch eine Weile lang hören.

Und dann war es zu spät. Es war zu spät, um so zu tun, als hätte ich nichts getan. Und deshalb blieb ich auf dem Topf sitzen. Und bin dabei in einen Zustand verfallen, wie ich ebenfalls noch nie einen erlebt hatte. Ich war wach, und doch war ich wie im Schlaf. Ich konnte nichts anderes tun als dasitzen und geradeaus starren. So wie es die Katze gemacht hatte, als sie noch im Freien war.

Ich bin sitzen geblieben, bis meine Mutter nach Hause kam. Stunden, Stunden, Stunden. Da war es längst schon still im Topf.«

Das hatte mir die Studentin erzählt. Und ich hatte mich nicht getraut zu fragen, ob die Katze tot war. Natürlich war sie tot. Aber vielleicht doch nicht. – Diese Geschichte fiel mir ein, als ich Norbert Gstrein im Zug traf, und er mir von einem seiner Bücher erzählte.

Maro und Chucky

Als ich zum ersten Mal mit Maro redete, war ich sechzehn. Das heißt: Er redete mit mir. Wenige Tage zuvor hatten mein Freund und ich beschlossen, eine Band zu gründen. Wir konnten beide drei Akkorde. Wir erzählten es herum. So muß es Maro zu Ohren gekommen sein.

Er sagte: »Ihr macht eine Band, ich spiel mit.«

Ich hatte von ihm gehört, wie jeder von uns. Maro war durch und durch böse, brutal, gehässig, und er hatte immer eine Wut und hatte sehr dicke, seidig blonde Haare und schon mit sechzehn einen Zug um den Mund, wie ihn bittere alte Männer haben. Er war nicht groß, einen guten Kopf kleiner als sein Bruder Chucky, der genauso böse, brutal und gehässig und blond war.

Niemand, auch kein Erwachsener, hätte sich an meiner Stelle getraut, nein zu sagen. Ich sagte: »Was spielst du?«

Maro sagte: »Keine Ahnung. Das ist egal. Ich spiel irgend etwas, und Chucky spielt Schlagzeug.«

»Wir haben schon einen Schlagzeuger«, sagte ich.

»Dann habt ihr jetzt einen neuen«, sagte er.

»Okay«, sagte ich.

Das mit der Band verschoben mein Freund und ich. Lieber keine Band als eine mit denen. Von da an hatten wir Angst. Wenn wir am Abend weggehen wollten, dann fuhren wir mit dem Zug in die nächste Stadt. Bei uns trauten wir uns nicht.

Wir hörten nichts mehr von Maro. Es war anzunehmen, daß er die Sache längst vergessen hatte, daß er und sein Bruder nur aus einer Laune heraus in einer Band hatten spielen wollen. Trotzdem: Wir konnten nicht mehr ruhig sein. Es hätte den beiden jederzeit wieder einfallen können

Ein paar Jahre später – wir alle waren um die zwanzig – hat Maro ein Kilo Haschisch oder mehr und noch anderes dazu aus Portugal herausschmuggeln wollen und ist dabei erwischt worden. Er wurde in ein portugiesisches Gefängnis gesperrt, wo er sich wie die wilde Sau aufführte, weswegen seine Strafe ein paarmal verlängert wurde. So ungefähr. Ich scheute sogar davor zurück, mich genauer zu erkundigen. Als ob ich damit auf magische Weise die Aufmerksamkeit der Brüder auf mich hätte ziehen können. Maro sei verpfiffen worden, hieß es. Chucky ließ überall wissen, wenn er den erwische, der seinen Bruder verpfiffen hatte, dann werde er ihm die Augen ausstechen. Ich habe keinen getroffen, der auch nur einen Gedanken lang daran gezweifelt hätte.

Als Maro nach ein paar Jahren aus Portugal zurückkam, erkannten wir ihn nicht. Sein Gesicht war vernarbt und schief, der linke Arm hing ihm herunter. Er hatte im Gefängnis einen Schlaganfall erlitten – mit sechsundzwanzig Jahren! –, und er war geprügelt und geschunden worden.

Merkwürdigerweise brachte er viel Geld mit. Chucky und er kauften sich jeder eine Honda 750. Damit ihm die linke Hand beim Fahren nicht herunterrutschte, klebte Maro sie mit Isolierband an der Lenkstange fest. Und dann kauften sich alle, die von den beiden abhängig waren, die gleichen Motorräder. Innerhalb eines Jahres waren vier von ihnen tot. Einem riß eine Autobahnplanke den Kopf ab, ein anderer raste frontal in einen LKW. Der dritte rutschte fünfzig Meter über den Asphalt und hatte nur ein Hawaiihemd angehabt. Der vierte überschlug sich in den Bergen.

Ich habe Maro und Chucky letzte Woche gesehen. Sie saßen nebeneinander und tranken Bier. Sie redeten miteinander, wie sie immer miteinander geredet hatten. Statt sich bei ihren Namen zu nennen, sagten sie Arschloch zueinander. Und dann half Chucky seinem Bruder in die Jacke. Und draußen hielt er ihm die Tür zum Mercedes auf. Und Maro sagte. »Danke, du Arschloch.«

Über Verträge

Ein Vertrag ist die Antizipation eines Scheiterns. Ich vertraue meinem Partner nicht für alle Zeit. Und: Ich vertraue mir selbst nicht für alle Zeit.

Als ich Mitte zwanzig war, lernte ich bei einem Wochenendseminar eine Studentin und einen Studenten kennen, die schon seit ihrem vierzehnten Lebensjahr ein Paar waren. In Wahrheit schon viel länger, sagte sie. Sie beide hätten sich im Kindergarten kennengelernt, und sie seien einander immer die Liebsten gewesen, und in der Schule seien sie in der gleichen Klasse gesessen, und als er beim Militär war, habe sie absichtlich ein Jahr nichts getan, damit sie gemeinsam ihr Studium beginnen könnten.

Ich glaube, sie hieß Christiane, seinen Namen habe ich vergessen. Sie hatte ein rundes Gesicht, ihre Mundspitzen zeigten nach oben und machten ein immerwährendes Lächeln, das einen – das dachte ich schon nach einer Stunde – auf die Dauer verrückt machen konnte. An ihre Stimme erinnere ich mich gut, dunkel war sie und schleppend.

Er war ein Dünner, Langer, mit dünnen langen gelben Haaren und einem aknenarbigen Gesicht. Ob sie sich schon als Kinder so eine Art Eheversprechen gegeben hätten, fragte ich ihn. »Nein«, sagte er, »es kann jeden Tag sein, daß es mit mir und Christiane auseinandergeht.«

Mir kam die Antwort arrogant vor. So kann nur einer reden, der übermäßig von seiner Gegenwart überzeugt ist, so daß er ohne Sorge jede Art von Zukunft als Gedanke zulassen kann – wie wenn ein Kind sagt, angenommen ich wär ein Elefant.

In dem Haus, wo das Seminar stattfand, war ein Tischtennistisch, und jeder wollte spielen, gerade spielte Christianes Freund mit jemandem, da sagte ich zu ihr: »Gehen wir ein Stück, bis wir drankommen.« Das Haus lag draußen am Land, war umgeben von Weizenfeldern. So ein Feld umrundeten wir, sprachen von interessanten Dingen, die am Nachmittag diskutiert worden waren, ich erzählte ihr vom Föhn in Vorarlberg, sie erzählte mir vom Himmel über der Lüneburger Heide. Das war alles. Dann spielten wir Tischtennis.

Ein paar Tage später traf ich die beiden in der Mensa. Christiane sagte, sie hätten mich gesucht, und weil sie meine Adresse nicht kannten, hätten sie in der Mensa auf mich gewartet. Sie baten mich, mit ihnen in ein Café zu gehen, in dem keine Studenten verkehrten.

»Hast du ein großes Zimmer?« fragte mich Christiane.

»Ein sehr kleines sogar«, sagte ich.

»Dann wird es eben vorübergehend eng werden, bis wir etwas anderes gefunden haben«, sagte sie.

»Wie meinst du das?« fragte ich.

Ihr Freund schwieg.

»Es ist aus zwischen uns«, sagte Christiane. »Wir haben uns im Frieden getrennt. Ich werde zu dir ziehen.«

»Ich weiß eine Wohngemeinschaft, die haben dort viel mehr Platz als ich«, sagte ich. »Die haben sogar ein Zimmer leer.« Ich hatte sie nicht richtig verstanden.

»Nein«, sagte sie, »du bist mein Freund. Ab heute bin ich mit dir zusammen.«

Der, der ich jetzt bin, erhebt sich über den, der ich vielleicht eines Tages sein werde, und erinnert ihn daran, was er einst für richtig erachtet hat. Wobei es ja durchaus sein könnte, daß der, der ich sein werde, klüger ist als der, der ich bin. So gesehen ist ein Vertrag ein Ding wider die Vernunft.

Zwei Fremde im Zug

Es gab nichts, wovor ich mich mehr fürchtete als vor einem Ereignis, das sich nicht mit dem Tag, den ich mir am Abend erzählen wollte, verspinnen ließ. Wenn sich Minuten an Minuten reihten, war kein Stillstand zu erwarten. Ich blickte auf die Zeit, wie ich gewohnt war, auf einen Baum zu schauen – ich sah ihn aus einer bestimmten bescheidenen Perspektive, aber ich nahm ihn für ganz, zu Ende gebaut aus Erinnerung und Erwartung.

Ich saß in einem Abteil zwei Männern gegenüber. Der jüngere war dem älteren übergeordnet. Ich döste mit geschlossenen Augen vor mich hin, eine solche Gewalt war in der Stimme des jüngeren; wenn ich die Augen öffnete, milderte sich der Eindruck ein wenig, dennoch: Es saßen mir gegenüber Herr und Diener. Sie redeten die ganze Zeit ungeniert miteinander. Achteten nicht auf mich. Ich konnte heraushören, daß sie beide in einer staatlichen Einrichtung arbeiteten und daß es vor kurzem zu einer Amtskatastrophe gekommen war, an der einzig und allein der ältere, eben der Diener, schuld war.

Dieser Diener hatte ein flächiges gelbes Gesicht, dessen Haut mir weniger faltig als rauh erschien. Seine Sorge war eine lebensumfassende, nicht zergliederbare einzige Sorge, die sich nicht mehr in einzelnen Kerben Ausdruck verleihen konnte. Der jüngere, der Herr, dessen Haare an den Schläfen silbern waren, und doch schätzte ich ihn nicht älter als achtundzwanzig, beschimpfte ihn in einem fort, ohne daß ich einzelne Beschwerdepunkte ausmachen konnte, ein einziger allumfassender unteilbarer Vorwurf. Der Tonfall und die Gestik waren dabei so, daß man einen unaufmerksamen ersten Augenblick lang durchaus meinen konnte, er beschwere sich vor dem anderen über einen nicht anwesenden Dritten.

Der Diener wirkte gelangweilt. Seit der Schaffner die Fahrscheine kontrolliert hatte, hielt er den seinen in Händen, rollte ihn zu einem dünnen Röhrchen.

Irgendwann sagte er: »Ich könnte mich um bringen, wär das eine Lösung?«

Der andere sagte: »Das wäre leider keine Lösung.«

Dann sagten sie nichts mehr.

Ich dachte, der Diener langweilt sich nicht wegen der Rede seines Herrn, sondern wegen sich selbst, wegen seines ewig erwarteten, ewig eintreffenden Versagens. Fremd war er sich geworden, mit sich entzweit, und der eine in ihm gab dem Herrn recht, der andere aber war so in sich verkrümmt, daß ihm sein Herz ins Maul gepreßt war.

Jetzt, da sie schwiegen, schienen sie mich wahrzunehmen. Ich sah, wie der Herr mir Blicke zuwarf. Ich sah, daß die Blicke sagten: Verstehst du, was ich meine? Verstehst du, was ich mitmache mit ihm? Verstehst du, daß es solcher Abkanzelung bedarf? Nein? Du verstehst es nicht? Du meinst, ich benehme mich wie ein Arschloch? Was bist du für ein weltfremder Idiot! So einer wie der? Und was hast du für eine Lösung für dich parat? Dieselbe wie er? – So redeten die Blicke des Herrn zu mir.

Und ich sah, daß der Diener auf ein Urteil von mir wartete. Ich wollte dreist zurückblicken. Es wäre richtig gewesen, zum Diener zu helfen, aber weil ich befürchtete, daß meine Gesichtshaut eines Tages ähnlich sein würde wie die seine, und ich tatsächlich schon vor dem Spiegel über mein Gesicht ähnlich gedacht hatte, wie ich nun über seines dachte, deshalb konnte ich es nicht über mich bringen, ihm, der gedemütigt und beschimpft worden war, mit Retourblicken meine Sympathie auszurichten. Aber weil der Demütiger, der Schimpfer, der Herr, fest mit meiner Sympathie für den Diener gerechnet hatte, interpretierte er mein gleichgültiges

Gesicht als Zustimmung. Und als ich die Augen schloß, weil ich mit keinem von beiden etwas zu tun haben wollte, wußte ich, der Diener hält mich für seinen Feind und der Herr für einen Freund.

Heimkehr

Sie stand vor der Tür, vornübergebeugt, weil sie Taschen, Plastiksäcke, Koffer nicht loslassen wollte, schaute von unten über die Brauen zu mir herauf, lächelnd.

»Da bin ich. Erschrick nicht, ich war einfach zu müde, um mich in dem Internetcafé anzustellen.«

Ich bin mir sehr sicher, daß sie das gesagt hat. Die Haare hingen ihr in trockenen Strähnen über die Schultern, blond überfärbt, nachgebleicht, nahe den Wurzeln dunkel. Sie hatte ihr rundes, rotbakkiges Gesicht. Wie soll man in elf Monaten das Gesicht verändern.

»Es ist, als wär ich auf dich vorbereitet«, sagte ich, und weil ich ihr ansah, daß sie mich nicht verstand oder meinte, sie verstehe mich vielleicht falsch, setzte ich schnell nach: »Ich freue mich. Mir kommen die Worte durcheinander. Das mußt du noch kennen.«

Ich nahm ihr einen Teil des Gepäcks ab, und wir betraten die Wohnung.

»Darf ich baden?« fragte sie.

»Etwas essen, etwas rauchen zuerst?« fragte ich.

Dann fing sie an zu weinen. Lehnte sich mit der Schulter an die Wand, vornübergebeugt, wieder, die Hände zwischen den Beinen gefaltet. Ihre kleinen Brüste hoben und senkten sich schneller als ihr Atem, und daran erkannte ich, daß sie mir etwas vorspielte. Nein, so darf ich es nicht sagen. Ich glaubte, sie spiele mir etwas vor. Wie soll man eine Lüge am Atmen erkennen können?

»Ich habe deinen Geburtstag vergessen«, sagte sie, machte eine spitze Zunge, leckte damit schnell über die Oberlippe. Das sollte unterdrücktes Weinen zeigen, ich kannte das noch von früher, und sie wußte wohl, daß ich es kannte, wir hatten einmal darüber geredet.

»Ich habe deinen Geburtstag auch vergessen«, versuchte ich zu trösten.

Ich tröstete blind in ihr Leben hinein, das mir viel zu unübersichtlich erschien, immer erschienen war, als daß ich es auch nur für einen sinnvollen Versuch erachtet hätte, abzuschätzen, welche Teile dieses wuchernden Gartens meines Trostes bedurften.

»Du hättest mich ja nicht erreichen können«, sagte sie. »Ich aber hätte dich erreichen können. Du sitzt immer nur hier. Hier!« Sie ließ sich auf meinen

Schreibtischstuhl fallen, drehte sich im Kreis. Ihre Augen waren tränennaß, die Wimperntusche quoll auf. Aber ihre Stimmung war obenhin, flatternd.

»Woher kommst du?« fragte ich. »Aus Delhi?«

»Vorgestern war ich in Delhi. Oder vorvorgestern. Wir hatten in Moskau einen unvorhergesehenen Zwischenaufenthalt von fast zwanzig Stunden.«

»Und wo war das Internetcafé, in dem du dich nicht anstellen wolltest?«

Sie sah mich an, als verwechselte ich sie mit jemand anderem. Und einen Augenblick lang dachte ich tatsächlich, diesen Satz irgendwo anders gehört zu haben. »Du sagtest doch, du seiest zu müde gewesen, um dich im Internetcafé anzustellen.«

»Das habe ich gesagt? Das habe ich sicher nicht gesagt.«

»Ich dachte, du hättest es gesagt.«

Sie stand mit einer schnellen Bewegung vom Stuhl auf, die Beine eng beieinander in ihrer schlangengrünen Hose, zwei, drei Hemden oder Blusen übereinander.

»Schade, daß du anfangen willst zu streiten«, sagte sie.

»Wir haben uns nicht einmal einen Kuß gegeben«, sagte ich. »Ich schlage vor, du legst dich ins Bad. Solange du willst. Dann gehen wir essen. Ich lade dich ein. Wir feiern die Geburtstage, die wir beide vergessen haben.«

Sie hatte eine Tätowierung am Oberarm. Die kannte ich nicht. Ein Stacheldraht, der um den Bizeps gewunden war. Und ihre unteren Zähne hatten Nikotinflecken.

»Weißt du«, sagte sie und ging mit langsamen, steifen Schritten auf und ab, den Kopf hielt sie gesenkt, »wenn mich jemand gefragt hat, was mein Vater macht, dann habe ich gesagt: Er sitzt auf dem bequemsten Stuhl der Welt und denkt sich irgendwelche Sachen aus.«

»Laß uns einen schönen Abend verbringen«, sagte ich.

»Ich will es versuchen«, sagte sie.

Zoogeschichten

Als mein Vater sechs Jahre alt war, kam die Sau beim Nachbarn aus, sie galoppierte über die Wiese, sie hatte es eilig, wußte wohin, bahnte sich durch die Johannisbeeren, lief über Kesslers Krautacker, über die zementierte Landstraße, lief am Wasserturm vorbei, an den Geleisen entlang, lief in den Hof der jungen Bauersleute, die dort in der Wiege ihr Baby liegen hatten, stieß die Wiege um und fraß das Kind auf. Als die Mutter dazukam, ruchelte das Tier gerade das letzte hinunter. Die Frau wurde verrückt. Das heißt, etwas ist bis zu ihrem Ende geblieben.

Wenn mein Vater die Geschichte erzählte, brüllte er vor Lachen. Und ich lachte mit. Einmal, da war ich acht oder sieben, über Ostern waren wir nach Deutschland gefahren, um die Feiertage bei der Schwester meiner Mutter zu verbringen, machten wir einen Umweg über Frankfurt, so fröhlich war das Leben, weil wir ein Auto besaßen, einen Opel Rekord. Und in Frankfurt besuchten wir den Zoo.

Wir spazierten langsam neben meiner Mutter her, die auf Krücken ging.

Schließlich sagte sie: »Geht jetzt und schaut euch endlich die Affen an, ich warte hier.«

Da war eine Bank in der Sonne, im Rücken die Nashörner, dort wollte sie warten, wickelte sich in ihren hellen Stadtmantel, setzte sich die Sonnenbrille auf – eine Frau aus der Stadt, die einen Bauernbub geheiratet hatte.

Mein Vater und ich gingen zu den Affen. Er war aufgeregt. Wenn er aufgeregt war, kehrten sich seine Füße beim Gehen noch weiter auswärts als sonst. Ich haßte ihn wegen seines Gangs. Alle hier sehen, daß wir Bauern sind, dachte ich.

»Im Krieg habe ich einmal einen Affen gesehen«, sagte er.

Er wußte nicht, wo der Affenkäfig war, wollte aber nicht fragen. Wir liefen in dem großen Zoo herum, schoben uns an den Leuten vorbei, sahen den freien Flecken, auf dem sich der Löwe tummeln durfte.

»Wenn der auskommt«, sagte mein Vater. »Dann!« Und dann erzählte er eine Kurzfassung der Saugeschichte. Und wir lachten ein bißchen.

Im Affenhaus packte ihn die Angst. Ich kann mir bis heute nicht erklären, was damals in ihm vorgegangen war. Mit hüpfendem Schritt und fideler Miene war er vor mir her zu den Affen gelaufen, und dann stand er vor dem Gorillakäfig – das heißt, es war kein herkömmlicher Käfig, es war eine dicke Glasscheibe – und starrte dem Männchen in die Augen und konnte sich nicht mehr vom Fleck rühren. Als hätte ihn der Affe mit dem riesigen Kopf und dem grauen Streifen Fell über Scheitel, Nacken und Rücken in Trance versetzt.

»Bitte, Papa, gehen wir«, sagte ich. Er rührte sich nicht. »Was ist denn los, Papa?« sagte ich. Er gab keine Antwort. Ich stieß ihn in die Seite, zerrte an seiner Hand, dachte zuerst, er macht einen seiner Scherze, gleich fängt er an, einen Affen zu spielen, schiebt die Zunge unter die Unterlippe, streckt den Hintern heraus, macht lange, krumme Arme und tut, als ob er sich lause. Nichts dergleichen geschah. Ich bekam es auch mit der Angst zu tun, und die Leute um uns herum merkten das, und sie riefen einen Wärter, und der schob am Ende mit all seiner Kraft meinen Vater aus dem Affenhaus.

Wir nahmen ein Hotelzimmer, mein Vater legte sich schon um sechs am Abend ins Bett und schlief gleich ein. Meine Mutter und ich aßen unten im Restaurant unser Abendbrot.

»Was war denn?« fragte sie.

»Er hat mir wieder die Saugeschichte erzählt«, sagte ich.

»Verstehe«, sagte sie.

»Ich nicht«, sagte ich.

»Das ist keine Geschichte, die man in einem Zoo erzählen sollte«, sagte sie.

Herr Gabriel

»Ich überlebe nur in der Erinnerung«, sagte Herr Gabriel. »Ich lebe, solange jemand lebt, der sich an mich erinnert. Wenn auch der stirbt, bin ich weg. Und es ist, als wär ich nie gewesen. Aber was soll der, der sich an mich erinnert, erzählen? Ich wüßte nicht, was es von mir zu erzählen gibt. Ich besitze einen königsblauen Pullover. Das ist das einzige Kleidungsstück, das Wert hat, erwähnt zu werden. Der Pullover ist ein Geschenk meiner Schwester. Mit ein wenig Gerechtigkeit auf Erden wäre sie in Hollywood eingegangen wie die Madonna in den Himmel. Statt dessen ist sie gestorben. Und ich bin der einzige, der sich an sie erinnert. Was von meinem Leben bleibt, ist die Erinnerung an ein anderes Leben, das Leben meiner Schwester. Das seinerseits verschwindet, wenn ich verschwinde. Wenn sich ein Lektor über mein Leben hermachen würde, der müßte doch immer nur sagen: Streichen, streichen, streichen!«

Herr Gabriel – Name eines Erzengels und Seele wie ein Keller – er lehnte mit der Schulter an der Stange, die das Sonnensegel hielt, stand auf einem Bein, das andere hatte er abgewinkelt, berührte nur mit der Schuhspitze den Boden. So ließ er sich von Bogdan Achtel Weißwein nachschenken, während er den Kunden den Weg zu dessen Laden versperrte. Der ganze Mann war ein Irrtum. Ungesund sah er aus mit seiner hohen blaßblauen Stirn und den weichen vergeblichen Backen. Er sei Geiger gewesen von Beruf, hatte mir jemand gesteckt, in was für einem Orchester oder so, wußte derjenige nicht. Herr Gabriel redete mit jedem, hob das Glas, lächelte aus seinen lieben verschmitzten Augen, und sagte über keinen etwas Gutes.

»Die meisten Menschen sind überflüssig«, sagte er mit seiner menschheitsliebenden Kaplanstimme, »und die meisten Menschen wissen es, und sie wissen, daß es die anderen wissen, und sie wissen, daß die anderen sie nur deshalb nicht dauernd darauf aufmerksam machen, weil sie selber ebenfalls überflüssig sind.«

Er war hager, der Wind höhlte sein Hemd aus, als wäre darunter kein Leib.

»Ich bin natürlich ebenfalls überflüssig. Aber ich bin typisch.« Sagte er. Und wenn man ihn fragte, wofür er typisch sei, fuhren seine Arme zu einer großzügigen Geste aus: »Wofür immer einer will. Stellt mich nach Nowosibirsk, und ich sehe aus, als wär ich immer schon und nur dort gewesen! Der typische Nowosibirsker. Oder nach Nebraska! Ich war immer schon dort. Oder nach Honolulu, es ist meine Heimat.«

Er zeigte mit dem Finger auf den türkischen Verkäufer vis-à-vis, der nickte ihm freundlich zu, dann machte er eine Hand, als wolle er einen Ball auffangen, und schon warf ihm der Türke einen Apfel über die Gasse.

»Ich säe nicht, und ich ernte nicht«, rief Herr Gabriel den Menschen auf dem Naschmarkt zu.

»Zum Beispiel die Politik«, wandte er sich gleich darauf mir zu, er war nie betrunken, nie. »Ein Mann, der sich vor seiner Mutter fürchtet und immer tut, was sein Vater will, der sich ebenfalls, und zwar vor derselben Frau fürchtet, so ein Mann bestimmt bei uns die Politik der letzten zwanzig Jahre.«

»Zum Beispiel die Frauen«, fuhr er gleich fort. »Kennen Sie eine Frau, die eine U-Bahn-Tür richtig öffnen kann? Sie meinen doch alle, die Türen sind defekt und gehen schwer, und sie drücken, sie kapieren einfach nicht, daß die Türen von selber aufgehen, wenn man den Griff nur kurz antippt.«

»Lieber Herr Gabriel«, sagte ich, »wie hoch ist Ihr Kontostand?«

»Eine Million Schilling«, sagte er, »war er, jetzt ein lächerlicher Haufen Euro.«

»Haben Sie eine Krankheit«, fragte ich.

»Ja«, sagte er. »Ich habe einen Krebs. Es hat sich dadurch nichts bei mir geändert. Ich werde daran nicht zugrunde gehen, und sonst wird auch nichts sein.«

»Wie kann ich Ihnen helfen«, fragte ich.

Er blickte an mir vorbei, die Gasse hinunter, wo sich auf den Ständen der Obsthändler Erdbeeren türmten. Niemand kann so ein Türmchen Erdbeeren vom Tisch nehmen, ohne daß eine Handvoll zu Boden fällt.

»Seien Sie derjenige, der sich an mich erinnert«, sagte Herr Gabriel.

Von da an hatte er eine Art Freude, mich zu sehen. Kam mir so vor.

Alles wird gut

Es war einmal eine Frau, die hatte einen Liebhaber, der war zwanzig Jahre jünger als sie. Sie aber war verheiratet mit einem Mann, der zwanzig Jahre älter war als sie. Die Frau traf ihren Liebhaber einmal in der Woche in einem Hotel. Dort waren sie zwei oder drei Stunden nur füreinander da. Es war immer dasselbe Hotel. Die Frau an der Rezeption wußte, daß die beiden nie über Nacht blieben. Es war kein Stundenhotel, und der Besitzer des Hotels wußte ebenfalls Bescheid, und es war ihm unangenehm, denn er kannte den Ehemann, beide waren sie Mitglieder eines Clubs. Er hatte ein schlechtes Gewissen. Schließlich war der Mann eine Art Freund von ihm.

Dann erfuhr der Hotelbesitzer, daß auch seine eigene Frau ihn schon seit Jahren betrog. Er reichte die Scheidung ein. Sie hatten zwei Kinder im Volksschulalter, er wollte, daß die Kinder bei ihm bleiben, und er wollte der Frau nach der Scheidung nichts bezahlen, denn schließlich war sie schuld, daß die Ehe zerbrochen war. Vor Gericht ging die Sache gegen ihn aus. Die Kinder wurden der Frau zugesprochen, er mußte Alimente für die Kinder und Unterhalt für die Frau zahlen. Das machte ihn wütend. Die Wut blähte sich in ihm auf, und er bekam eine Wut auf alle Frauen. Bei der nächsten Gelegenheit nahm er seinen Freund beiseite und sagte zu ihm:

»Wenn ich nicht wüßte, daß ich dir damit sehr weh tue, würde ich dir etwas mitteilen.«

»Was würdest du mir mitteilen, wenn du nicht wüßtest, daß du mir damit sehr weh tust«, fragte der Freund.

»Dann würde ich dir mitteilen, daß ich mit absoluter Sicherheit weiß, daß dich deine Frau betrügt.«

»Ich verstehe dich«, sagte der Freund. »Ich würde an deiner Stelle sicher nicht anders denken als du.«

»Nein, du verstehst mich nicht«, sagte der Hotelbesitzer. »Du meinst, ich will mich an allen Frauen rächen, weil mich meine Frau betrogen hat.«

»Das denke ich, ja«, sagte der Freund.

»Dann komm«, sagte der Hotelbesitzer. Er zeigte seinem Freund das Gästebuch. »Siehst du«, sagte er, »unter diesem Namen haben sich deine Frau und ihr Liebhaber in all der Zeit, seit sie dich betrügt, in unserem Hotel eingeschrieben.«

»Ich verstehe dich«, sagte der Freund. »Ich würde an deiner Stelle vielleicht ähnlich handeln. Aber ich sehe, hier steht ein Name, der mir nichts sagt. Ich kenne niemanden mit diesem Namen. Ich sehe nur, hier hat sich ein Ehepaar eingetragen, mehr sehe ich nicht.«

»Aber die sich hier eingetragen haben, sind kein Ehepaar«, sagte der Hotelbesitzer, »und der Name ist erfunden. Es sind deine Frau und ihr Liebhaber, und der Liebhaber ist vierzig Jahre jünger als du.«

Da lachte der Freund und sagte: »Ich habe schon oft gehört, daß ein Mann, der von seiner Frau verlassen wurde, seine Wut an anderen Frauen ausläßt. Das ist ganz normal. Wäre es nicht normal, dann würde ich jetzt die Freundschaft zu dir aufkündigen.«

Zu Hause hielt der Mann seine Frau am Ärmel fest und sagte: »Was würdest du sagen, wenn ich dir mitteilte, daß ich mit absoluter Sicherheit weiß, daß du mich betrügst?«

»Ich würde es zugeben«, sagte sie.

So kann ich nicht mehr weiterleben, dachte der Mann am nächsten Tag. Ich habe sie im Konjunktiv gefragt, sie hat mir im Konjunktiv geantwortet, ich weiß nun, was sein würde, aber ich weiß nicht, was ist. Ich muß denken und denken und denken.

Das ging eine Zeit so.

Nach ein paar Wochen oder ein paar Monaten fiel ihm auf, daß er sich an das Denken und Denken und Denken gewöhnt hatte. Mit seiner Frau lebte er zusammen wie bisher. Und bisher, daran gab es keinen Zweifel, hatten sie gut zusammengelebt. Besser, hatte er sich immer gesagt, kann ein Mann, der zwanzig Jahre älter ist, mit seiner Frau nicht zusammenleben. Alles wird gut, dachte er.

Und dann wurde alles gut.

Da kannst du gar nichts machen

Wir standen auf der Straße, jeder von uns hatte einen groben Besen in der Hand, und der Nachbar zu unserer Rechten sagte den Satz als erster:

»Da kannst du gar nichts machen, das ist so eine Gewalt, gegen die kannst du gar nichts machen.«

Ich gab ihm recht und sagte denselben Satz, im selben Wortlaut. Und der Nachbar zu unserer Linken sagte auch denselben Satz, auch im selben Wortlaut.

Ich sagte: »Den größten, den ich gefunden habe, konnte ich mit Zeigefinger und Daumen nicht umschließen.«

Der Nachbar vis-à-vis sagte: »Ich habe einen wie ein Hühnerei, ich habe ihn als Beweis in die Tiefkühltruhe gelegt.«

Bei welchem Prozeß wird dieses Beweisstück vorgelegt werden können? Ein Hagelkorn in der Größe eines Hühnereis als Beweis für Gottes mangelnde Unschuld. Die für unsereins ja nur unter einem Aspekt interessant sein kann, nämlich um unsere eigene Schuld ein wenig zu mildern. In zwanzig Minuten wurden Autodächer zerbeult, Gemüsegärten ruiniert, Gewächshausscheiben eingeschlagen, Bäume entlaubt, Bäume entwurzelt, Ziegeldächer abgedeckt. Wenn das nicht gegengerechnet werden darf gegen Fremdgehen, Steuerhinterziehung, zu fettes Essen, zu viel Rauchen, zu viel Saufen – dann also bitte! Und wenn uns der Richter die Zunge herausstreckt? Es hieß, für den Abend seien wieder starke Gewitter, wieder Hagelschlag, wieder Sturm zu erwarten.

Einer der Männer mit dem Besen in der Hand sagte: »Die oben bei der Apotheke haben gar nichts erwischt, nicht ein Hagelkorn, nur Regen.«

Die Apotheke lag keine zehn Gehminuten von uns entfernt.

»Da kannst du gar nichts machen, das ist so eine Gewalt, gegen die kannst du gar nichts machen.« Sagte irgendeiner, es war einer von der unteren Straße, der gesehen hatte, daß bei uns oben herumgestanden wurde.

Ein anderer Mann sagte: »Ich glaube nicht, daß es uns heute noch einmal erwischt. Das ist gegen die Wahrscheinlichkeit.«

Eine Frau sagte: »Ich glaube an den Lieben Gott, der ist gerecht, der verteilt solche Sachen gleichmäßig.«

Die Fenkart-Zwillinge aus der Raimundstraße

standen im Garten ihrer Mutter. Sie sahen zu uns herüber, nahmen aus der Entfernung an unserer Versammlung teil. Sie waren für eine Woche zu Besuch. Lebten sonst in Großstädten. Sie hatten die Hosenbeine über die Waden gekrempelt, trugen karierte Hemden ihres Vaters. Die alte Frau Fenkart brachte es nicht übers Herz, die Kleider ihres vor fast dreißig Jahren verstorbenen Mannes wegzugeben. Die Hälfte ihres Herzens hatte sie zu ihm ins Grab gelegt. Und diesen Teil pflegte sie, jätete ihn aus, goß ihn, nährte ihn. Der andere Teil ihres Herzens, der noch in ihrer Brust steckte, der war längst verdorrt. So ähnlich hatte es eine ihrer Zwillingstöchter einmal ausgedrückt. Ich wußte nicht welche, ich kannte die beiden immer noch nicht auseinander. Einmal im Jahr besuchten sie ihre Mutter. Und ihre Blicke sagten, was die alte Frau alles falsch machte. Und was wir, die in der Nachbarschaft lebten, alles falsch machten.

Nun standen sie im Garten, vierzigjährig inzwischen, ein Herz in zwei vor Unwetter und anderen Katastrophen schützenden Gehäusen aus Knochen und Fleisch, lebten weit auseinander in verschiedenen Großstädten, Berlin, Wien, und sahen einander immer noch gleich wie aus einer Form gestürzt. Die Fäuste in die Seite gestemmt, so standen sie im Rasen ihrer Mutter. Sich umblickend. Nikkend. Großstadtgesichter, schwarze Haare, kaum zu bändigen.

»Da kannst du gar nichts machen«, sagte die eine.

»Das ist so eine Gewalt, gegen die kannst du gar nichts machen«, sagte die andere.

Ich hörte den Vorwurf.

»Glauben nützt gar nichts«, sagte die eine.

»Gehen wir hinein«, sagte die andere, »um neun kommen die Nachrichten. Hören wir den Wetterbericht. Dann wissen wir mehr.«

Mein Leben in der Zeit ohne Plattenspieler

Nach einer Legende soll Elvis Presley in der Nacht, bevor er zum ersten Mal die Sun Studios in Memphis betrat – das war am 5. Juli 1954 –, geträumt haben, ein Engel im weißen Anzug hole ihn zum Tode ab. Auf Elvis' Frage, wohin er ihn nun bringe, habe der Engel geantwortet, selbstverständlich in den Himmel, und auf die Frage, was dort von ihm erwartet werde, selbstverständlich dasselbe wie auf Erden, nämlich, daß er Musik mache, und zwar mit einer Band, der nur die vorzüglichsten Musiker angehörten. Der Engel habe Elvis die Bandmitglieder genannt – seither wird in Musikerkreisen gerätselt, welche Namen das wohl gewesen sein könnten …

Am 17. August 1977 erfuhr ich aus dem Radio, daß Elvis Presley gestorben war. Ich war damals achtundzwanzig und hielt mich in Coburg im Haus der Eltern meiner Lebensgefährtin auf. Es war Mittag, ich trat gerade aus dem Eßzimmer, wo ich geholfen hatte, den Tisch zu decken, ich wollte sagen, es sei alles bereit, man könne anfangen. Im Wohnzimmer saßen Frankas Vater und ihr Bruder, lasen Zeitung und hörten Nachrichten. Keiner von beiden sah auch nur auf, als die Meldung kam.

Ich sagte: »Elvis Presley ist gestorben.«

Frankas Vater sagte: »Alles Fleisch ist wie Gras.«

Wir aßen Hackbraten mit Kartoffelpüree und Blaukraut und tranken dazu Weißwein. Wir stießen an. Wir sprachen wenig, lobten das Essen. Helga, das Dienstmädchen, hatte gekocht.

»Es ist wieder einmal ausgezeichnet«, sagte der Vater. Er hatte sich zum Essen ein Jackett übergezogen, ein englisch kariertes, mit einem Dragoner am Rücken. Legerer gekleidet hatte ich diesen Mann nie gesehen. Er hatte manikürte, schlanke Hände, gelenkige Finger, die immer in geringer Bewegung waren.

»Greifen Sie zu, Michael«, sagte er. »Tun Sie wie zu Hause!«

Das tat ich nicht.

Zum Nachtisch gab es für jeden eine Banane. Fassungslos sah ich zu, wie der Vater die Banane mit Messer und Gabel aß. Er trennte die beiden Enden ab, schlitzte die Schale der Länge nach auf und legte die Frucht frei. Dann schnitt er daumenbreite Stücke ab, spießte sie mit der Gabel auf und aß. Etwa ein Viertel der Banane ließ er übrig. Über

Elvis Presley wurde während des Essens nicht ein Wort gesprochen. Selbstverständlich nicht.

Als wir uns vom Tisch erhoben, sagte ich: »Aber es tut mir doch leid.« – Keiner wußte, was ich meinte.

Dann spielte ich mit Frankas Mutter eine Partie Schach. Dabei hörten wir etwas Leichtes von Schubert. Bei gewissen Stellen hoben die Mitglieder der Familie einen Finger. Ich hockte vor dem Schachbrett und bockte, während Frankas Mutter sich mit ihrem Mann unterhielt, sich mit ihrem Sohn unterhielt, sich mit ihrer Tochter unterhielt, ganz selten nur einen kurzen Blick auf das Brett warf und mich dreimal hintereinander nach wenigen Zügen matt setzte.

»Elvis Presley ist gestorben«, sagte ich und ärgerte mich, weil meine Stimme querulantisch klang.

»Hat er Ihnen etwas bedeutet?« fragte Frankas Mutter.

»Er war ein Symbol«, faselte ich.

»Wofür?«

»Für eine gewisse…«, sagte ich.

Sie warf mir einen Blick zu, einen glatten weißen Blick, eine Unterlage für meine eigene Selbsteinschätzung. »Wir besitzen leider keine einzige Platte von ihm«, sagte sie.

»Ist halb so schlimm«, sagte ich.

Ich hatte eineinhalb Jahre zuvor mein Studium abgeschlossen, war ohne Arbeit und lebte mit ihrer

Tochter und deren zwei Kindern zusammen. Meine Selbsteinschätzung, davon war diese Frau überzeugt, mußte eine katastrophale sein. Ihre Tochter klaute regelmäßig Haltbarmilch im Supermarkt, das wußte sie freilich nicht.

Franka, die Kinder und ich wohnten in Gießen in einer Straße, die an der amerikanischen Kaserne vorbei und durch die amerikanischen Wohngebiete führte, Lincoln Street. Vierzehntausend Amerikaner, Soldaten mit ihren Angehörigen, lebten zu dieser Zeit in Gießen.

Ich führte ein Leben ohne eigenen Plattenspieler. Manchmal dachte ich an Musik. Das heißt: Ich dachte Musik. Man soll nicht angeben, darum scheue ich mich zu sagen: Die Musik dachte sich in mir. Ich war so feig vor dem Leben, rollte mich mit Merle und Simon auf dem Spannteppich herum, bis mir die Haare wie Sonnenstrahlen auf ihren Kinderzeichnungen vom Kopf abstanden, und in erhitztem Ein- und Ausatmen waren plötzlich Lieder da, nämlich im Rauschen der Luft zwischen meinen Zähnen. Ich konnte Melodien hören. Beim einfachen Atmen. Die Kinder sagten, es sei nur ein Zischen. Und am Abend sagten sie zu ihrer Mutter: »Er zischt und sagt, er singt.«

»Tust du das?« fragte Franka.

»Ja«, sagte ich.

»Zeig mir, wie das geht«, sagte sie.

Ich zischte. Sie zischte. Aber bei ihr war nichts.

»Sagenhaft«, sagte sie. Ich glaubte ihr die Begeisterung nicht. Wie kann auch ein Mensch vom Zischen eines anderen Menschen begeistert sein!

Die Frage, wozu ich nütze sei, beschäftigte mich, und die Frage, ob einfaches Denken auch eine Art von Beschäftigung genannt werden dürfe. Die Lieder in meinem Atem waren wie ein flüchtiger Vorgeschmack auf die Ewigkeit. Das Komplizierte sei ein Übergang zum Einfachen, las ich irgendwo und bekam ein schlechtes Gewissen, weil ich in meinem ganzen Leben noch gar nichts als kompliziert empfunden hatte, ich mich also in einem Vorstadium eigentlicher Existenz befinden mußte, was mir unangenehm war.

Überall in der Lincoln Street wehten schwarze Fahnen. Deutsche, die in den amerikanischen Supermärkten und den amerikanischen Kinos arbeiteten, hatten die Fahnen in unserem Viertel aufgezogen. Sie wollten bei der Besatzungsmacht Eindruck schinden. Für deutsche Staatsbürger ohne Sondererlaubnis war der Zutritt zu diesem Gebiet verboten. Ich war Österreicher, wenn ich meinen Paß vorlegte, ließ man mich im amerikanischen Supermarkt einkaufen, ich durfte das amerikanische Kino besuchen und in die Wohnungen amerikanischer Soldaten eingeladen werden.

Ich hatte einen Freund, der hieß Hiram, er wollte, daß man ihn Hank nannte wie Hank Williams, der auch Hiram geheißen hatte. Er war Soldat und stammte aus einer kleinen Stadt in Idaho, er wußte nicht, warum die Deutschen diese schwarzen Fahnen an die Bäume vor der Kaserne und an das Tor und über die Garage mit den Mannschaftswagen und neben den Eingang zum Supermarkt gehängt hatten.

»Wegen Elvis«, sagte ich.

»Aber der gehört euch doch gar nicht«, sagte er.

»Die Leute meinen, er gehört ihnen doch ein wenig, weil er *Muß i denn zum Städtele hinaus* gesungen hat«, sagte ich.

»Ich habe Elvis nie besonders gemocht«, gestand er mir und sprach dabei leise und blickte sich um.

»Ich auch nicht«, sagte ich.

Hank aß manchmal bei uns, dann brachte er seinen Plattenspieler mit und Schallplatten, die ihm gefielen, Countrymusic, immer nur Countrymusic. Mit der Zeit gefiel mir das auch. Franka nahm es hin, bewegte sich ein wenig im Rhythmus, saß im Schneidersitz auf dem Schaumgummisofa. Sie machte ein Gesicht, als denke sie: Ja, warum eigentlich nicht. Sie nippte an ihrem Weinglas und bewegte sich zu der Musik, die ihr nichts bedeutete. Sie bewegte sich nur, um Hank nicht zu kränken, und aus demselben Grund machte sie dieses Gesicht, denn Hank war empfindlich.

»Du tust doch nur so, damit er meint, du genießt diese Musik«, sagte ich.

Hank konnte uns nicht verstehen, wenn wir Deutsch sprachen.

»Gibt es bei dieser Musik etwas zu genießen«, fragte sie.

»Es gibt sehr wohl etwas zu genießen«, brüllte ich.

»Was denn?«

»Wenn du es nicht merkst, kann ich es dir nicht erklären.«

»Dann laß es doch einfach«, sagte sie.

Sie saß im Schneidersitz auf dem Sofa, nippte an ihrem Weinglas und zeigte mir ihr Profil. Ihre Lippen lagen so ruhig aufeinander, als gäbe es keine Sache in der Welt, für oder gegen die zu sprechen es sich lohnte, und sie öffneten sich nur leicht, wenn sie nippte, und es machte mich rasend, wie langsam sie trank. Aber ich mochte ihre Haut an den Schläfen, die war vernarbt von Akne, unter der sie als Mädchen gelitten hatte. Man mußte nahe herangehen und genau schauen, um die Narben zu sehen. Und ihre Haare mochte ich, die waren wie ein goldener Helm und formten ihr einen schönen Hinterkopf.

»Warum hebt deine Familie bei einer bestimmten Stelle von dieser leichten Schubertmusik immer einen Finger?« schrie ich.

»Wenn du das nicht hörst, kann ich es dir nicht erklären«, sagte sie.

Hank schaute von ihr zu mir und lächelte ängstlich.

Franka war meine erste Liebe, wir hatten uns kennengelernt, da waren wir beide sechs Jahre alt. Sie lebte in Deutschland, ich in Österreich. In der Pubertät schrieben wir uns Briefe, zwei pro Woche. Sie war die Tochter einer erfolgreichen Ärztin und eines noch erfolgreicheren Notars. Ich war der Sohn eines Gelegenheitsjournalisten mit literarischen Ambitionen und wunderbarem Mundwerk und einer Hausfrau. Ihre Eltern hatten saftig geerbt und verdienten noch saftiger dazu. Franka konnte sich nicht einmal ein Leben im Mittelstand vorstellen. »Wo verbringt ihr euren Winterurlaub?« fragte sie, da hatte meine Familie überhaupt noch nie einen Urlaub gehabt, geschweige denn einen verbracht. In Ferien war ich gewesen bei meiner Tante in Coburg.

Franka war die erste, mit der ich geschlafen habe. Wir taten es in einem Hotel in Lindau, da waren wir knapp achtzehn. Wir schrieben uns als Mann und Frau ein. Ich bezahlte. Ich habe dafür in den Ferien bei der Post gearbeitet. Meine Füße waren schwarz, weil ich am Abend zuvor barfuß eine Wiese gemäht hatte. Als ich ihr das erzählte, bekam sie einen Lachanfall. Außerdem lachte sie, weil ich einen Pyjama mitgebracht hatte. Dann hat sie mit mir Schluß gemacht, hat geheiratet, zwei Kinder geboren, sich scheiden lassen und mich neu kennengelernt.

»Warum klaust du eigentlich die Haltbarmilch

im Supermarkt«, fragte ich sie, nachdem Hiram gegangen war.

»Ich weiß nicht«, sagte sie. »Weil es praktischer ist, denke ich.«

»Es kann doch nicht praktischer sein, etwas zu klauen«, sagte ich.

»Warum tue ich es dann?«

»Weil du denkst, daß ich es tue.«

»Aber du tust es ja nicht. Ich tue es.«

»Aber du denkst, ich bin grundsätzlich einer, der so etwas tut. Auch wenn ich es nicht tue, könnte ich es doch tun. Und deshalb tust du es. Nur um etwas zu tun, was du grundsätzlich nicht tun würdest.«

Bei manchen Gitarrensoli von Peter Green oder Alvin Lee oder Eric Clapton oder Jimi Hendrix hob ich von nun an einen Finger. Und ich gewöhnte mir an, zwischendurch fallenzulassen: »Als Elvis Presley zum ersten Mal die Sun Studios betrat, wurde die Popkultur geboren ...«

Ich versuchte, Franka weiszumachen, daß sie wegen ihrer hohen Herkunft ontologisch von den Freuden eben dieser Popkultur ausgeschlossen sei und somit vom Leben, dem lässigen. Annäherungen seien ihr vielleicht möglich, mit Fleiß könne sie versuchen wettzumachen, was ihr an Blut fehle. Nützen aber werde es nicht viel. Am Ende sitze sie immer wieder nur da und wippe in einem ihr fremden Rhythmus und verstehe nichts. – Und ich versuchte, ihr weiszumachen, daß sie die Haltbarmilch in Wahrheit nur deshalb klaue, um einem Geheimnis auf die Spur zu kommen …

Apropos Geheimnis: Als Bob Dylan vor einigen Jahren schwer erkrankt war, sei ihm, erzählte er einem Reporter, Elvis erschienen und habe gesagt, ein Platz in seiner Band sei für ihn reserviert.

Inhalt

KAPSREITER

Mit freundlicher Unterstützung
der Brauerei Kapsreiter.

Typografische Gestaltung, Produktion: typic®/wolf
Umschlaggestaltung: Studio Hollinger
Umschlag: Gemälde von Lorenz Köhlmeier
Druck und Bindung: Ueberreuter Buchproduktion, Korneuburg
Printed in Austria
ISBN 3-216-30722-0